Universale Economica Feltrinelli

MARGUERITE DURAS
L'AMANTE

Feltrinelli

Titolo dell'opera originale
L'AMANT

Traduzione dal francese di
LEONELLA PRATO CARUSO

Prima edizione ne "I Narratori" marzo 1985
Prima edizione nell'"Universale Economica" giugno 1988
Diciannovesima edizione marzo 1999

ISBN 88-07-81031-X

Per Bruno Nuytten

L'AMANTE

Un giorno, ero già avanti negli anni, in una hall mi è venuto incontro un uomo. Si è presentato e mi ha detto: "La conosco da sempre. Tutti dicono che da giovane lei era bella, io sono venuto a dirle che la trovo più bella ora, preferisco il suo volto devastato a quello che aveva da giovane."

Penso spesso a un'immagine che solo io vedo ancora e di cui non ho mai parlato. È sempre lì, fasciata di silenzio, e mi meraviglia. La prediligo fra tutte, in lei mi riconosco, m'incanto.

Presto fu tardi nella mia vita. A diciott'anni era già troppo tardi. Tra i diciotto e i venticinque anni il mio viso ha deviato in maniera imprevista. Sono invecchiata a diciott'anni. Non so se succeda a tutti, non l'ho mai chiesto. Mi sembra di aver sentito dire che qualche volta un'accelerazione del tempo può investirci quando attraversiamo l'età giovane, la più esaltata della vita. È stato un invecchiamento brutale. L'ho visto impossessarsi dei miei lineamenti a uno a uno, alterare il rapporto che c'era tra di loro, render gli occhi più grandi, lo sguardo più triste, la bocca più netta, incidere sulla fronte fenditure profonde. Invece di esserne spaventata, ho assistito a quest'invecchiamento con lo stesso interesse che avrei potuto prestare allo svolgersi di una lettura. E poi sapevo di non sbagliarmi: un giorno avrebbe rallentato la corsa e avrebbe preso un ritmo normale. Chi mi aveva conosciuto a diciassette anni, all'epoca del mio viaggio in Francia, è rimasto impressionato quando mi ha rivista, due anni dopo, diciannovenne. Quel nuovo viso si è mantenuto così, è diventato il mio viso. Certo, è invecchiato ancora, ma relativamente meno di quel che avrebbe dovuto. È un viso lacerato da rughe nette e profonde, con la pelle screpolata. Non ha ceduto come certi volti dai lineamenti minuti, ha mantenuto gli stessi contorni, ma la materia di cui è fatto è andata distrutta. Ho un viso distrutto.

Dunque, ho quindici anni e mezzo.

Un traghetto attraversa il Mekong.

L'immagine dura per tutto l'attraversamento del fiume.

Ho quindici anni e mezzo, non ci sono stagioni in questi paesi, il clima è sempre uguale, afoso, monotono, siamo in quella fascia calda della terra che non ha primavere, non ha risvegli.

Vivo in un pensionato statale a Saigon. Lì mangio e dormo, ma vado a scuola fuori, al liceo francese. Mia madre, maestra, vuole che sua figlia faccia il liceo. Quello che per lei era bastato non doveva bastare alla sua bambina. Occorrevano il liceo, l'università e infine il concorso per l'insegnamento di matematica. Ho sentito questo ritornello fin dai primi anni di scuola. Non ho mai immaginato di poter sfuggire al concorso per la cattedra di matematica, ero felice di darle questa speranza. Mia madre continuava ad architettare l'avvenire suo e dei figli. Un giorno, quando le condizioni non le hanno più permesso di imbastire sui figli speranze grandiose, si è messa a rimediarne altre, alla meglio, pur di avere qualcosa che servisse a riempire il tempo che le stava davanti. Ricordo il corso di contabilità per il minore dei miei fratelli. Tutti gli anni acquistavamo il corso completo della scuola per corrispondenza. Bisogna recuperare, diceva mia madre. Questo durava tre giorni, mai quattro, mai. Buttavamo via tutto quando cambiavamo sede, per poi ricominciare da capo nella sede nuova. Mia madre ha insistito per dieci anni, niente da fare. Il mio fratello piccolo è riuscito solo a diventare un modesto contabile a Saigon. Il maggiore dei miei fratelli è stato mandato in Francia alla scuola Violet che non esisteva nella colonia, a questo dobbiamo la sua partenza. È rimasto alcuni anni in Francia per frequentare quella scuola e non l'ha mai finita. Mia madre doveva rendersi conto che sarebbe andata così, ma non aveva altra scelta, bisognava separare quel figlio dai due più piccoli. Per alcuni anni egli non ha più fatto parte della famiglia. Fu in sua assenza che mia madre acquistò la concessione. Un'avventura terribile, ma per noi che eravamo rimasti laggiù, sempre meno terribile della presenza dell'assassino dei bambini, della notte del cacciatore.

Mi hanno spesso ripetuto che era stato il sole troppo forte della mia infanzia, ma io non credo. Mi hanno detto che erano stati i pensieri tristi provocati nei bambini dalla miseria. Ma no, non si tratta di questo. I bambini-vecchi per via della fame endemica, sì, ma noi, no, non avevamo fame, eravamo bambini bianchi, ci vergognavamo della nostra povertà, vendevamo i mobili, ma non soffrivamo la fame. Avevamo un boy e mangiavamo, a volte, è vero, delle porcherie, trampolieri, piccoli caimani, ma erano porcherie cucinate e servite dal boy, anzi ogni tanto le rifiutavamo, ci concedevamo il lusso di non aver voglia di mangiare. No, è successo qualcosa, a diciott'anni, che ha dato luogo a questo viso. Deve essere accaduto di notte. Avevo paura di me, avevo paura di Dio. Quando era giorno avevo meno paura e la morte mi sembrava meno spaventosa. Ma la sua idea non mi abbandonava. Volevo uccidere, uccidere il mio fratello maggiore, aver ragione di lui una volta per tutte e vederlo morire. Per sottrarre a mia madre quel figlio, l'oggetto del suo amore, per punirla di amarlo tanto e tanto male, e soprattutto, almeno così credevo, per salvare l'altro mio fratello, il fratello minore, il bambino, dalla vitalità di quel fratello maggiore che soffocava la sua, da quel velo nero che gli offuscava il giorno, dalla legge che il maggiore rappresentava e dettava, e che era, pur venendo da un essere umano, una legge bestiale, era la paura di ogni istante, di ogni giorno, nella vita di quel fratellino, una paura che ha finito per toccargli il cuore e lo ha fatto morire.

Ho scritto tanto delle persone della mia famiglia, ma mentre lo facevo madre e fratelli erano ancora vivi, e io scrivevo di loro, di tutte quelle vicende, senza però riuscire ad arrivare alla sostanza delle cose.

La storia della mia vita non esiste. Proprio non esiste. Non c'è mai un centro, non c'è un percorso, una linea. Ci sono vaste zone dove sembra che ci fosse qualcuno, ma non è vero, non c'era nessuno. La storia di una piccola parte della mia giovinezza l'ho già più o meno scritta, insomma l'ho lasciata intravedere, intendo la parte di cui parlo, quella dell'attraversamento del fiume. Ora faccio qualcosa di diverso e di uguale. Prima ho parlato dei periodi limpidi, chiari. Ora parlo dei periodi nascosti di questa stessa giovinezza, di fatti, sentimenti, eventi che avevo dissimulato. Ho cominciato a scrivere in un ambiente in cui dovevo farlo con pudore. Scrivere, allora, era ancora un impegno morale. Adesso scrivere sembra che spesso non sia più niente. Talvolta me ne rendo conto: scrivere, o è mescolare tutto in un viaggio che ha per destinazione la vanità e il vento, o non è niente; o si mescola tutto in un'unità per sua natura indefinibile, o si fa soltanto della pubblicità. Ma molto spesso non ho un'opinione, vedo che tutti gli spazi sono aperti, come se non ci fossero più pareti, come se lo scritto non sapesse più dove andare per nascondersi, per strutturarsi, per leggersi, come se la sua fondamentale sconvenienza non venisse più rispettata, e subito dopo non ci penso più.

Ora so che da giovanissima, a diciotto, quindici anni, il mio viso era una premonizione del viso che mi sarebbe toccato poi, per il troppo bere, nell'età di mezzo della vita. L'alcool ha assunto le funzioni a cui Dio è mancato, inclusa quella di uccidermi, di uccidere. Il volto dell'alcool ha preceduto l'alcool. L'alcool lo ha poi confermato. In me c'era posto per questo, l'ho saputo come lo sanno gli altri, ma, stranamente, anzitempo. In me c'era anche posto per il desiderio, a quindici anni avevo il volto di quel piacere che ancora non conoscevo. Quel volto si vedeva chiaramente, anche mia madre doveva vederlo. I miei fratelli lo vedevano. Tutto è cominciato così per me, con quel volto leggibile, esausto, quegli occhi cerchiati prima del tempo, dell'*esperimento*.

Quindici anni e mezzo. L'attraversamento del fiume. Tornando verso Saigon, capisco cosa sia un viaggio, soprattutto al momento di prendere l'autobus. E quel mattino ho preso l'autobus a Sadec dove mia madre dirige la scuola femminile. Sono finite le vacanze scolastiche, quali, non ricordo. Ero andata a passarle nella casetta di mia madre, la casa della direttrice, e quel giorno torno a Saigon nel collegio. L'autobus per gli indigeni parte dalla piazza del mercato di Sadec. Come al solito mia madre mi accompagna e mi affida al conducente, mi affida sempre ai conducenti degli autobus di Saigon, nell'eventualità di un incidente, di un incendio, di uno stupro, di un abbordaggio di pirati, di una catastrofe del traghetto; come al solito l'autista mi fa sedere davanti, vicino a lui, nei posti riservati ai passeggeri bianchi.

Durante quel viaggio l'immagine avrebbe potuto staccarsi, isolarsi, mettersi in evidenza. Sarebbe esistita se fosse stata scattata una fotografia, come altre immagini sono esistite in altre circostanze. Ma la foto non è stata fatta, la situazione era troppo insignificante per provocarla. Chi avrebbe potuto pensarci? Per fare quella foto, bisognava prevedere l'importanza di quell'avvenimento, di quell'attraversamento del fiume, nella mia vita. Ebbene, mentre esso accadeva, la sua importanza era ignorata da tutti. Solo Dio la conosceva. Ecco perché questa immagine, e non poteva essere diversamente, non esiste. È stata omessa, dimenticata, non è stata prelevata, isolata, messa in evidenza. Alla foto non fatta deve la sua virtù, quella di rappresentare un assoluto, di esserne l'artefice.

Stiamo dunque attraversando un braccio del Mekong, sul traghetto tra Vinhlong e Sadec, nella grande pianura di fango e di riso del sud della Cocincina, la pianura degli Uccelli.

Scendo dall'autobus, mi avvicino al parapetto, guardo il fiume. Mia madre mi dice a volte che mai, in tutta la vita, vedrò fiumi belli come questi, grandi, selvaggi come il Mekong e i suoi bracci che scendono verso gli oceani, distese d'acqua che spariscono nelle profondità degli oceani. Nel paesaggio piatto a perdita d'occhio questi fiumi scorrono veloci, si riversano in mare come se la terra si inclinasse.

Scendo sempre dall'autobus quando arriviamo sul traghetto, anche di notte, perché ho paura che i cavi cedano e la corrente ci trascini via. Guardo la corrente come per cogliervi l'ultimo istante della mia vita, ha abbastanza forza per portare via tutto, le pietre, una cattedrale, un'intera città. Una tempesta si agita nelle acque del fiume, un vento vi si dibatte.

Ho un vestito di seta naturale, lisa, quasi trasparente, prima era di mia madre, un giorno ha smesso di portarlo perché le sembrava troppo chiaro, e me lo ha regalato. È un vestito senza maniche, molto scollato, di quel color bistro che prende la seta naturale usata. Ricordo quel vestito. Trovo che mi sta bene. Mi sono messa una cintura di cuoio in vita, forse una cintura dei miei fratelli. Non ricordo le scarpe che avevo in quegli anni, ricordo solo qualche vestito. Porto quasi sempre sandali di tela senza calze. Parlo del tempo precedente al collegio di Saigon. Da quel momento in poi, naturalmente, ho sempre portato scarpe. Quel giorno dovevo avere quel famoso paio di scarpe di lamé dorato, con i tacchi alti. Non so che altro avrei potuto calzare quel giorno, allora porto quelle, saldo di saldi che mi ha comprato mia madre. Porto scarpe di lamé per andare al liceo, vado al liceo con scarpe da sera decorate con un motivo di strass. Sono io che lo voglio. Mi accetto solo con quel paio di scarpe e anche ora voglio vedermi così, sono le prime scarpe con il tacco della mia vita, sono belle, hanno eclissato tutte quelle che le hanno precedute, scarpe per correre e per giocare, basse, di tela bianca.

Ma quel giorno non sono le scarpe la nota insolita, inaudita nell'abbigliamento della ragazza. Quel giorno porta in testa un cappello da uomo con la tesa piatta, un feltro morbido color rosa, con un largo nastro nero.

A creare l'ambiguità dell'immagine è quel cappello.

Come fosse capitato in mio possesso l'ho dimenticato. Non vedo chi potrebbe avermelo dato. Credo che me l'abbia comprato mia madre, e su mia richiesta. Unica certezza: è un saldo di saldi. Come spiegare quell'acquisto? Nessuna donna, nessuna ragazza porta cappelli da uomo nella colonia, a quei tempi. Neppure le indigene. Ecco come deve esser successo: mi sono provata quel cappello, tanto per ridere, mi sono guardata nello specchio del negozio e ho visto, sotto il cappello maschile, la magrezza ingrata della mia persona, difetto dell'età, diventare un'altra cosa. Ha smesso di essere un dato grossolano e fatale della natura. È diventato l'opposto, una scelta che contrastava la natura, una scelta dello spirito. Improvvisamente è diventata una cosa voluta. Mi vedo un'altra, come sarebbe vista un'altra, dal di fuori, a disposizione di tutti, di tutti gli sguardi, immessa nella circolazione delle città, delle strade, del piacere. Prendo il cappello, me lo metterò sempre, ormai posseggo un cappello che, da solo, mi trasforma tutta, non lo abbandono più. Per le scarpe deve essere successa più o meno la stessa cosa, ma dopo il cappello. Lo contraddicono come il cappello contraddice la figura gracile, quindi fanno per me. Anche quelle non le abbandono più, vado ovunque con quelle scarpe, quel cappello, fuori, con ogni tempo, in tutte le occasioni, in città.

Ho ritrovato una fotografia di mio figlio ventenne. È in California con le amiche Erika ed Elisabeth Lennard. È magrissimo, sembra un ugandese, però bianco anche lui. Trovo che ha un sorriso arrogante, un'aria di scherno. Vuol dare l'impressione trasandata di un giovane vagabondo. Si piace così, povero, con l'aria da povero, la goffaggine di ragazzo magro. È la fotografia che si avvicina di più a quella, mai scattata, della ragazza del traghetto.

Colei che ha comprato il cappello rosa con la tesa piatta e il largo nastro nero è la donna di un'altra foto, è mia madre. La riconosco meglio qui che in foto più recenti. È nel cortile di una casa sul Piccolo Lago di Hanoi. Insieme a lei ci siamo noi, i suoi figli. Io ho quattro anni. Mia madre è al centro dell'immagine. La rivedo in quella sua posa trascurata, senza sorriso, impaziente che la foto venga scattata. Dai lineamenti tesi, da una certa trasandatezza nel vestire, dalla sonnolenza dello sguardo, so che fa caldo, che è esausta, che si annoia. Ma è il modo in cui siamo vestiti noi bambini, come dei poveracci, che mi fa tornare in mente lo stato in cui cadeva a volte mia madre e di cui già, all'età che avevamo nella foto, conoscevamo i segni premonitori, quella sua improvvisa impossibilità di lavarci, di vestirci, talvolta persino di nutrirci. Quel grande scoraggiamento di fronte alla vita coglieva mia madre ogni giorno. A volte durava, a volte spariva con la notte. Ho avuto in sorte una madre dominata da una disperazione totale, dalla quale nemmeno i rari momenti felici della vita riuscivano a distoglierla. Ignorerò per sempre che cosa in concreto la spingesse ad abbandonarci così. Quella volta forse aveva appena fatto la sciocchezza di comprare una casa — quella della fotografia — di cui non avevamo nessun bisogno, e per di più quando mio padre era già molto malato e sarebbe morto dopo qualche mese. Oppure aveva saputo di avere, a sua volta, la malattia che lo faceva morire? Le date coincidono. Quel che ignoro, come doveva ignorarlo lei, è la natura di ciò che s'imponeva al suo spirito e le causava quello scoraggiamento. Era la morte, già presente, di mio padre, o il finire del giorno? Era un dubitare di quel matrimonio? del marito? dei figli? o, più in generale, di tutto quanto le era toccato in sorte?

Succedeva ogni giorno. Di questo sono sicura. Bruscamente. A un dato momento, ogni giorno, appariva la disperazione, seguita dall'impossibilità di tirare avanti, dal sonno o da niente, oppure a volte da acquisti di case, da traslochi, o anche da quell'umore, soltanto da quell'umore, quell'abbattimento, o a volte dall'accondiscendere, come una regina, a qualunque cosa le chiedessero, a qualunque cosa le offrissero, a quella casa sul Piccolo Lago, senza motivo alcuno, con mio padre già morente, o a quel cappello a tesa piatta, perché la bambina lo desidera tanto, idem a quelle scarpe di lamé. O niente, o dormire, morire.

Non mi era mai capitato di vedere film con donne pellirossa che portano cappelli a tesa piatta e grosse trecce sul petto. Quel giorno anch'io ho le trecce, che non ho girato intorno alla testa come faccio di solito, però le mie sono diverse. Ho due lunghe trecce sul petto, come quelle delle squaw che non avevo mai visto al cinema, ma sono trecce di bambina. Da quando ho il cappello, per poterlo mettere, non raccolgo più i capelli sulla testa, da un po' li tengo molto tirati, li pettino indietro, vorrei che fossero lisci, che si notassero meno. Ogni sera li pettino e mi rifaccio le trecce prima di andare a dormire, come mi ha insegnato mia madre. Ho capelli folti, soffici, sensibili, una massa ramata che scende fino alla vita. Mi sento ripetere che sono quanto ho di più bello e io ne deduco che non sono bella. Quegli eccezionali capelli me li farò tagliare a ventitré anni, a Parigi, cinque anni dopo essermene andata dalla casa di mia madre. Ho detto al parrucchiere: tagli. Ha tagliato tutto con un solo gesto, ha sgombrato il terreno, le forbici mi hanno sfiorato, fredde, il collo. I capelli sono caduti per terra. Mi è stato chiesto se volevo portarmeli via, me li avrebbero impacchettati. Ho risposto di no. In seguito non mi hanno più detto che avevo dei bei capelli, voglio dire che non me lo ripetevano spesso come prima, quando non li avevo ancora fatti tagliare. Magari dicevano: ha un bello sguardo. Anche il sorriso, mica male.

Sul traghetto, guardatemi, li ho ancora. Quindici anni e mezzo. Ho già cominciato a truccarmi, adopero la crema Tokalon per cercar di nascondere le lentiggini che ho sulle guance, in alto, proprio sotto gli occhi. Dopo la crema metto una cipria chiara, marca Houbigan; è la cipria che mia madre usa per andare ai ricevimenti dell'Amministrazione Generale. Quel giorno ho anche il rossetto, rosso scuro, come si usava allora, rosso ciliegia. Non so come me lo fossi procurato, forse Hélène Lagonelle lo aveva rubato per me a sua madre, non ricordo più. Non ho profumo, in casa nostra si adopera l'acqua di Colonia e il sapone Palmolive.

Sul traghetto, accanto all'autobus, c'è una grossa limousine nera con un autista in livrea di cotone bianco. Sì, è proprio la grossa auto lugubre che appare nei miei libri, la Morris Léon-Bollet. La Lancia nera dell'ambasciata francese a Calcutta non ha ancora fatto il suo ingresso nella letteratura.

C'è ancora il vetro scorrevole tra l'autista e il padrone. Ci sono ancora gli strapuntini. È ancora grande come un salotto.

Dalla limousine un elegantissimo signore mi guarda. Non è un bianco, ma è vestito all'europea, con il completo di tussor chiaro che indossano i banchieri di Saigon. Mi guarda. Io ci sono abituata. Nei paesi coloniali tutti guardano le bianche, anche se sono bimbette di dodici anni. Da tre anni anche i bianchi mi guardano per strada e gli amici di mia madre mi invitano affettuosamente ad andare a far merenda da loro quando le mogli sono al Club Sportivo, a giocare a tennis.

Potrei illudermi, credere di esser bella, di appartenere alla categoria delle donne belle e ammirate, perché davvero tutti mi guardano. Ma io so che non si tratta di bellezza, ma di qualcos'altro, di qualcosa di diverso, che appartiene forse allo spirito. Sono come voglio apparire, anche bella se gli altri lo vogliono, o carina, carina diciamo per i familiari, per loro e basta, insomma posso diventare come gli altri vogliono che sia. E crederci. Anche credere che sono affascinante. Dal momento che lo credo, so anche farlo diventare vero agli occhi di chi mi vede e desidera che io sia di suo gusto. Così, in tutta onestà, posso essere affascinante anche se mi ossessiona sapere che mio fratello è condannato a morte. Per quanto riguarda la morte, ho una sola complice, mia madre. Ancora oggi dico la parola "affascinante" come la sentivo pronunciare davanti a me, davanti ai bambini.

Ho imparato già qualche cosa. So che a far bella una donna non sono né i vestiti, né le cure di bellezza, né il prezzo degli unguenti, né la rarità e il valore intrinseco degli ornamenti. So che il problema è un altro, ma non so quale sia. Non è quello che credono le donne. Le guardo, nelle vie di Saigon o nelle località sperdute della savana. Ce ne sono di bellissime, bianchissime, tutte curano molto il loro aspetto, soprattutto nei posti sperduti. Non fanno nulla, cercano di mantenere la loro bellezza, di conservarla, per l'Europa, per gli amanti, per le vacanze in Italia, per le lunghe ferie di sei mesi ogni tre anni, quando finalmente potranno raccontare quello che succede quaggiù, questa vita in colonia così strana, parlare di com'è servizievole questa gente, di quanto sono bravi i boys, della vegetazione, dei balli, delle ville bianche, tanto vaste che ci si perde, dove abitano i funzionari nominati nelle località sperdute. Aspettano. Si agghindano per niente. Si risparmiano. Nell'ombra delle ville si conservano per dopo, credono di vivere in un romanzo, con i grandi armadi pieni di vestiti da non saper che farne, e che esse collezionano, come collezionano la fuga di quei giorni d'attesa. Alcune impazziscono. Altre vengono piantate per una servetta che sa tacere. Piantate. Questa parola, quando le colpisce, ha un suono spaventoso, il suono di uno schiaffo. Alcune si uccidono.

Questo mancare delle donne a se stesse sempre l'ho sentito come un errore.

Non c'era da attirare il desiderio. Il desiderio era in colei che lo provocava o non esisteva. C'era fin dal primo sguardo o non era mai esistito. Era l'immediata intesa sessuale tra due persone o non era niente. Anche questo l'ho saputo prima dell'*esperimento*.

Solo Hélène Lagonelle sfuggiva alla legge dell'errore. Indugiava nell'infanzia.

Per molto tempo non ho avuto dei veri vestiti. I miei erano come dei sacchi e venivano ricavati da quelli vecchi di mia madre che erano a loro volta dei sacchi. E poi c'erano quelli che mia madre mi faceva cucire da Dô. È la governante che non l'abbandonerà mai, nemmeno quando mia madre tornerà in Francia, nemmeno quando mio fratello tenterà di violentarla nella casa di Sadec, nemmeno quando non verrà più pagata. Dô è cresciuta dalle suore, ricama e fa le piegoline, cuce a mano come non si fa più da secoli, con aghi fini come capelli. Visto che ricama, mia madre le fa ricamare le lenzuola. Visto che sa fare le piegoline, le fa cucire per me dei vestiti a piegoline, vestiti a gale che sembrano sacchi e sono fuori moda, vestiti da bambina con due gruppi di piegoline davanti e il colletto tondo, o con pannelli nella gonna, o con gale orlate di sbieco perché sembrino "di sartoria". Indosso quei sacchi con cinture che li trasformano e così diventano eterni.

Quindici anni e mezzo. Sono magra, quasi gracile, con seni ancora da bambina, truccata di rosa pallido e rosso. E poi quel modo di vestirmi che potrebbe far ridere e di cui nessuno ride. È tutto qui, lo so. È tutto qui e nulla è ancora compiuto, lo vedo dagli occhi, occhi che dicono tutto. Voglio scrivere. Lo ripeto a mia madre: quello che voglio, è scrivere. La prima volta non risponde. Poi chiede: che cosa vuoi scrivere? Libri, romanzi, dico. Replica seccamente: dopo il concorso di matematica, se vuoi, scriverai, non mi riguarda. È assolutamente contraria, non c'è nessun merito a scrivere, non è un lavoro, non è una cosa seria — in seguito dirà: è un'idea puerile.

La ragazza con il cappello di feltro è immersa nella luce limacciosa del fiume, sola sul ponte del battello, appoggiata al parapetto. Il cappello da uomo dà un tocco di rosa a tutta la scena, è la sola nota di colore. Nel sole brumoso, il sole dell'afa, le rive non si vedono, sembra che il fiume tocchi l'orizzonte. Scorre sordo, senza far rumore, come sangue che circoli nelle vene. Non c'è vento sull'acqua. Non ci sono rumori fuorché quello del traghetto, il rumore di un vecchio motore sfasciato, con le bronzine fuse. Di tanto in tanto, a leggere folate, delle voci. E poi giunge da tutte le parti, da dietro la nebbia, da tutti i villaggi, l'abbaiare dei cani. La ragazza conosce il traghettatore fin da quando era bambina. Egli le sorride e le chiede notizie della Signora Direttrice. Dice che la vede spesso sul traghetto, di notte, che va spesso alla concessione in Cambogia. La ragazza risponde che la madre sta bene. Intorno al traghetto il fiume è gonfio, le sue acque rapide attraversano le acque stagnanti della risaia senza mescolarvisi. Trascina con sé tutto quello che ha trovato fin da quando scorreva nella foresta cambogiana, il Tonle Sap. Porta via quel che capita, capanne, foreste, incendi spenti, uccelli morti, cani morti, tigri, bufali, annegati — uomini annegati —, stracci, isole agglutinate di giacinti d'acqua, tutto che fluisce verso il Pacifico, senza avere il tempo di andare a fondo, tutto che viene trasportato dalla tempesta profonda e vertiginosa della corrente interna, tutto che viene mantenuto in sospensione e alla superficie della forza del fiume.

Le ho risposto che innanzi tutto volevo scrivere, solo scrivere, null'altro. Ne è gelosa. Nessuna risposta, una rapidissima occhiata, un'impercettibile alzata di spalle, indimenticabile. Così io me ne andrò per prima. Passeranno ancora alcuni anni prima che lei mi perda, prima che perda sua figlia, questa figlia. Per i maschi non c'era da temere, ma questa qui un giorno, lei lo sapeva, sarebbe partita, sarebbe riuscita a liberarsi. La prima della classe in francese. Il preside dice: sua figlia, signora, è la più brava in francese. Mia madre non dice niente, tace, è scontenta perché non sono i figli i più bravi in francese, tutto questo è ignobile, lei è mia madre, io la amo, lei ora chiede: e in matematica? Le viene risposto: non è ancora la più brava ma può diventarlo. Mia madre insiste: quando? Quando lo vorrà, signora.

Mia madre amore mia incredibile caricatura, porta calze di cotone rammendate da Dô perché continua a credere che anche ai tropici una direttrice di scuola debba sempre portare le calze. Con quei vestiti pietosi, deformi, rammendati da Dô, sembra appena uscita dalla sua cascina gremita di cugine, in Piccardia. Non butta mai via niente, pensa che per tutto occorra sacrificio, porta scarpe scalcagnate, storte, che le fanno un male da cani, i capelli tirati e stretti in una crocchia alla cinese: da vergognarsi; da vergognarmi quando, davanti al liceo, arriva con la sua B. 12: la guardano tutti, e lei non si accorge di niente, mai, è da rinchiudere, da picchiare, da uccidere. Mi guarda e dice: tu forse ne verrai fuori. Giorno e notte quell'idea fissa. Il difficile non è raggiungere qualcosa, è liberarsi dalla condizione in cui si è.

Quando mia madre riprende fiato, quando esce dalla disperazione, scopre il cappello da uomo e le scarpe di lamé e mi chiede di cosa si tratti. Le rispondo che non è niente, lei mi guarda, approva, sorride. Niente male, dice, non ti stanno affatto male, sono originali. Non mi chiede se è stata lei a comprarmeli, sa di essere stata lei, sa che può succederle, che a volte, le volte che dicevo, si può carpirle tutto quel che si vuole, senza che lei possa opporsi. Le dico: costano pochissimo, non preoccuparti. Mi domanda dove li abbiamo comprati. Le rispondo: in via Catinat, erano saldi, occasioni. Mi guarda con simpatia, forse considera un buon segno che la piccola abbia, nel vestirsi, inventiva e fantasia, apprezza l'originalità, lei che è austera come una vedova, vestita di grisaglia come una spretata, la mia originalità le piace.

Anche il cappello da uomo è connesso alla miseria perché bisognerà pur trovar delle entrate, in un modo o nell'altro. Intorno a lei è il deserto, i figli sono il deserto, non produrranno mai niente, come le terre salate, il denaro perduto è perduto, non c'è niente da fare. Rimane la piccola, che sta facendosi grande e che forse un giorno saprà portare a casa i soldi. Per questa ragione, inconsapevolmente, la madre lascia che la figlia si vesta come una prostituta bambina. Ed è per questa ragione che la bambina sa già come combinare l'interesse che desta negli altri e l'interesse che ha lei per il denaro. La madre ne sorride.

La madre non le impedirà di prendere denaro. La bambina dirà: gli ho chiesto cinquecento piastre per poter tornare in Francia. La madre dirà: bene, è quello che ci vuole per sistemarci a Parigi, cinquecento piastre basteranno. La bambina sa quello che fa, quello che la madre avrebbe voluto che la sua creatura facesse, se avesse osato sperarlo, se ne avesse avuto la forza, se non sentisse ogni giorno l'estenuante sofferenza che le procura quel pensiero.

Nei libri in cui racconto la mia infanzia, ad un tratto non so più che cosa ho tralasciato e che cosa ho raccontato, credo di aver parlato del nostro amore per nostra madre, ma non so se ho parlato anche dell'odio, di quanto ci amavamo e di quanto anche riuscivamo a odiarci, vivendo quella storia di rovina e di morte che era la storia della nostra famiglia — una storia fatta di amore e odio, che sfugge ancora ad ogni mio intendere, che mi è ancora inaccessibile, celata nelle profondità della mia carne, cieca come un neonato il primo giorno. Di lì comincia il silenzio, quel silenzio sul quale mi affaticherò lentamente per tutta la vita. Sono ancora qui, davanti a questi bambini ossessionati, sempre ugualmente distante dal mistero. Non ho mai scritto credendo di farlo, non ho mai amato credendo di amare, ho solo aspettato davanti a quella porta chiusa.

Quando sono sul traghetto del Mekong, il giorno della limousine nera, la concessione della chiusa appartiene ancora a mia madre. Di tanto in tanto facciamo ancora la strada di notte, come prima, tutti e tre, e andiamo a passarvi qualche giorno. Rimaniamo sulla veranda del bungalow, di fronte alla montagna del Siam. Poi ripartiamo. Lei non ha più niente da fare lì, ma ci torna. Io e il mio fratellino ci mettiamo sulla veranda accanto a lei, di fronte alla foresta. Ormai siamo grandi, non facciamo più il bagno nel *rac*, non andiamo più a caccia della pantera nera negli acquitrini delle foci, non andiamo più nella foresta o nei villaggi delle piantagioni di pepe. Intorno a noi tutto è cresciuto, non ci sono più bambini a cavalcioni dei bufali, non ci sono più bambini. Siamo stati anche noi contagiati dalla stranezza, siamo invasi dalla stessa flemma che ha invaso mia madre. Non abbiamo imparato niente, solo a guardare la foresta, ad aspettare, a piangere. I terreni a valle sono perduti per sempre, i domestici coltivano i piccoli appezzamenti in collina, si tengono il riso integrale, rimangono anche se non ricevono più salario, approfittano delle solide capanne che mia madre aveva fatto costruire. Ci vogliono bene, come se fossimo persone di famiglia, e continuano ad aver cura del bungalow dove non manca neppure un pezzo del modesto vasellame. Il tetto, imputridito dalle piogge, continua a disfarsi, ma i mobili sono puliti, e la sagoma del bungalow, netta come un disegno, è lì, visibile dalla strada. Aprono tutti i giorni le porte perché il vento asciughi il legno e le chiudono la sera per non far entrare i cani randagi, i contrabbandieri della montagna.

Dunque, il ricco signore con la limousine non lo incontro, come avevo scritto, alla mensa di Réam, lo incontro dopo che avevamo abbandonato la concessione, due o tre anni dopo, sul traghetto, il giorno di cui parlavo, in quella luce di foschia e di caldo.

Un anno e mezzo dopo quell'incontro, mia madre tornerà in Francia con noi. Venderà tutti i mobili. E andrà per l'ultima volta alla chiusa. Si metterà a sedere sulla veranda davanti al tramonto e tutti insieme guarderemo ancora una volta verso il Siam, un'ultima volta, poi mai più. Neppure quando lei lascerà di nuovo la Francia, quando cambierà ancora idea e tornerà a vivere in Indocina, a Saigon, dopo essere andata in pensione, mai più andrà davanti a quella montagna, davanti a quel cielo giallo e verde sopra la foresta.

Già tardi nella vita, si è scossa dalla sua apatia. Ha fondato una scuola francese, la Nouvelle

Ecole française, che le permetterà di pagare una parte dei miei studi e di mantenere, finché sarà viva, il figlio maggiore.

Il minore dei miei fratelli è morto di broncopolmonite in tre giorni, il cuore non ha retto. È stato allora che ho abbandonato mia madre, durante l'occupazione giapponese. Quel giorno è stata la fine. Non le ho più domandato niente della nostra infanzia, di lei. Per me è morta con la morte del mio fratellino. Come il mio fratello maggiore. Non ho potuto superare l'orrore che improvvisamente mi incutevano. Non mi importava più di loro. Da quel giorno non ne so più niente. Non so ancora come sia riuscita a pagare i suoi debiti ai chettys. So che un giorno non sono più venuti. Li vedo. Sono seduti nel salottino di Sadec, indossano perizomi bianchi, se ne stanno lì, senza una parola, per mesi, anni. Sento mia madre piangere, insultarli, si è chiusa in camera, non vuole uscire, grida loro di andarsene, e loro, sordi, calmi, sorridenti, rimangono. Poi un giorno sono spariti. Madre e fratelli adesso sono morti. È troppo tardi anche per i ricordi. Adesso non li amo più. Non so più se li ho amati. Me ne sono andata. Non ho più nella testa il profumo della sua pelle, negli occhi il colore dei suoi occhi. Non mi ricordo più la voce, se non a volte quel tono dolce, di sera, quand'era stanca. La sua risata non la sento più:

né la risata, né le grida. È finita, non me ne ricordo più. Per questo è facile scrivere di lei adesso, a lungo, estesamente, è diventata scrittura corrente.

È rimasta a Saigon dal 1932 al 1949. Nel 1942, in dicembre, muore il mio fratellino. Non voleva più andarsene, è rimasta laggiù, vicino alla tomba, come diceva lei. Poi si è decisa a tornare in Francia. Mio figlio aveva due anni quando ci siamo riviste. Era troppo tardi per ritrovarsi. Fin dal primo sguardo l'abbiamo capito. Non c'era più niente da ritrovare. A parte il figlio maggiore, tutto era finito. Se ne è andata a vivere nel Loir-et-Cher, in un finto castello Luigi XIV, insieme a Dô. La notte aveva ancora paura. Aveva comprato un fucile e Dô faceva la guardia nelle mansarde all'ultimo piano. Aveva anche comprato per il figlio maggiore una tenuta vicino a Amboise, con molto bosco. Lui ha fatto tagliare il bosco, poi è andato a giocarsi i soldi in un club di baccarat, a Parigi. Ha perduto il bosco in una notte. Qui il ricordo cede, qui forse piango per lui, che ha perso quel denaro. So che lo trovano sdraiato nella sua macchina, a Montparnasse, davanti alla Coupole, e che vuol morire. Dopo, non so altro. È letteralmente inimmaginabile quel che lei si mise a fare, nel suo castello, e sempre per il figlio maggiore che non sa, bambino cinquantenne, guadagnarsi da vivere. Compra delle incubatrici elettriche, le sistema nel salone a terreno. Di colpo si ritrova con seicento pulcini, quaranta metri quadri di pulcini. Ma aveva regolato male i raggi infrarossi, nessun pulcino riesce ad alimentarsi. Tutti e seicento hanno il becco irregolare, non possono chiuderlo, muoiono tutti di fame, e lei non ritenterà più. Ero andata al castello durante la schiusa, c'era aria di festa. Poi il fetore dei pulcini morti e del loro cibo diventa tanto forte che non riesco più a mangiare nel castello di mia madre senza vomitare.

È morta tra le braccia di Dô e del suo bambino, come lei lo chiamava, nella grande camera del primo piano, dove faceva dormire le pecore, quattro o sei pecore intorno al suo letto nei periodi di gelo, per molti inverni, gli ultimi.

Là, nell'ultima casa, quella della Loira, quando lei avrà finito il suo continuo andirivieni, quando le vicende di questa famiglia volgeranno al termine, là vedo la pazzia, chiaramente, per la prima volta. Vedo chiaramente che mia madre è pazza. Vedo che Dô e mio fratello l'hanno sempre saputo, che io, no, non l'avevo ancora mai vista, non avevo mai considerato l'ipotesi che mia madre fosse pazza. Era pazza. Di nascita. Nel sangue. Non era malata di pazzia, viveva la pazzia come fosse salute, circondata da Dô e dal primogenito, che la capivano. Aveva sempre avuto molti amici, aveva mantenuto quelli di vecchia data e se ne era fatti di nuovi, spesso giovanissimi, prima tra i nuovi arrivati nelle località della savana, dopo tra la gente della Touraine, tra cui c'erano molti pensionati delle colonie francesi. Tutti avevano sempre amato la sua compagnia, la sua intelligenza, dicevano, così vivace, la sua allegria, il suo incomparabile temperamento, di cui nessuno si stancava mai.

Non so chi avesse scattato la foto della disperazione, quella nel cortile della casa di Hanoi. Forse è l'ultima foto scattata da mio padre, pochi mesi prima che lo rimandassero in Francia per motivi di salute. Prima cambierà sede, verrà nominato a Phnom Penh, dove rimarrà qualche settimana. Morirà in meno di un anno. Mia madre si rifiuta di seguirlo in Francia, rimane dov'è, lì a Phnom Penh, in quella meravigliosa residenza sul Mekong, dove un tempo abitava il re di Cambogia, in mezzo a un parco impressionante, di ettari ed ettari, che le mette paura. Di notte ci spaventa. Dormiamo tutti e quattro nello stesso letto e lei dice che ha paura della notte. In quella casa mia madre riceverà la notizia della morte di mio padre. Lo verrà a sapere prima che arrivi il telegramma, fin dal giorno prima, da un segno che solo lei aveva visto e saputo capire: il richiamo di un uccello terrorizzato che si era smarrito nello studio sul lato nord del palazzo, lo studio di mio padre. Lì, qualche giorno prima della morte del marito, sempre in piena notte, lei aveva avuto la visione del padre, di suo padre. Accende la luce: eccolo lì, in piedi, vicino al tavolo, nel grande salotto ottagonale del palazzo, che la guarda. Mi ricordo un urlo, un'invocazione. Ci ha svegliati, ci ha raccontato tutto, come era vestito, con il vestito grigio delle feste, ci ha parlato del suo portamento e di come la fissava. Dice: l'ho chiamato come quando ero piccina. Dice: non ho avuto paura. È corsa verso l'apparizione che si è subito dileguata. Erano entrambi morti nei giorni e nelle ore degli uccelli, delle apparizioni: probabilmente per questo ammiravamo tutte le cose che mia madre sapeva, comprese quelle relative alla morte.

Il signore elegante è sceso dalla limousine, fuma una sigaretta inglese, guarda la ragazza con il cappello da uomo e le scarpe d'oro, le si avvicina lentamente. È palesemente intimidito. Non sorride subito, prima le offre una sigaretta. Gli trema la mano. Trema perché non è bianco, e c'è la diversità razziale da superare. Lei gli dice che, grazie, non fuma, non aggiunge altro, non dice mi lasci in pace, allora lui si rassicura, le dice che vedendola ha creduto di sognare, lei non risponde, non val la pena di rispondere, non saprebbe che cosa rispondere. Aspetta. Allora lui le chiede: ma da dove viene? Lei risponde di esser la figlia della maestra della scuola femminile di Sadec. Lui riflette e poi dice di aver sentito parlare di quella signora, di sua madre, della sfortuna che ha avuto ad acquistare quella concessione in Cambogia, perché si tratta di lei, no? Sì, proprio così.

Ripete che è veramente sorprendente vederla su quel traghetto. Di mattina presto, una bella ragazza come lei, capisce, non me lo sarei aspettato, una ragazza bianca su un autobus indigeno.

Le dice che quel cappello le sta bene, benissimo, che è... originale... un cappello da uomo, perché no? Carina com'è, può permettersi tutto.

Lei lo guarda, poi gli chiede chi è. Lui risponde che torna da Parigi, dov'era andato a studiare, che abita anche lui a Sadec, proprio sul fiume, la grande casa che ha le terrazze con le balaustre di ceramica azzurra. Lei gli chiede di che nazionalità è. Risponde di essere cinese, la sua famiglia viene dalla Cina settentrionale, da Fou Chouen. Permette che l'accompagni a Saigon, a casa? Lei accetta. Egli ordina all'autista di prendere dall'autobus i bagagli della ragazza e di metterli sulla limousine nera.

Cinese. Fa parte di quella minoranza di finanzieri cinesi che posseggono tutti gli edifici popolari della colonia. È lui che passava il Mekong quel giorno, in direzione di Saigon.

La ragazza entra nell'auto nera, la portiera si chiude. Alita a un tratto un'impercettibile angoscia, un affanno, la luce sul fiume si vela, ma appena. Qualcosa di smorzato, una nebbia, dappertutto.

Non prenderò più l'autobus degli indigeni. D'ora in poi avrò una limousine per andare al liceo, per tornare al pensionato, cenerò nei locali più eleganti della città. E starò sempre lì a pentirmi di tutto quello che faccio, di tutto quello che lascio, di tutto quello che prendo, il buono e il cattivo, l'autobus, il conducente dell'autobus col quale scherzavo, le vecchie che masticavano betel, sedute in fondo, i bambini sul portabagagli, la famiglia di Sadec, l'orrore della famiglia di Sadec, il suo geniale silenzio.

Continuava a parlare, diceva di rimpiangere Parigi, le adorabili parigine, le cene, le feste, la Coupole, la Rotonde, preferisco la Rotonde, i locali notturni, quei due anni di vita "stupenda". Lei ascoltava attenta quegli eventuali indizi contenuti nel discorso, che avrebbero potuto svelarle l'ammontare della sua fortuna. Raccontava, raccontava. Gli era morta la madre, era figlio unico, gli rimaneva solo il padre pieno di soldi. Ma sa com'è, da dieci anni se ne sta sulla terrazza davanti al fiume, incollato alla sua pipa d'oppio, gestisce il suo patrimonio sdraiato sulla terrazza. Lei dice: capisco.

Sarà lui che si opporrà al matrimonio del figlio con la piccola prostituta bianca di Sadec.

L'immagine comincia molto prima che lui abbordi la ragazzina bianca appoggiata al parapetto, nel momento in cui è sceso dalla limousine nera, quando ha cominciato ad avvicinarsi a lei, e lei lo sentiva, sapeva che era impaurito.

Fin dal primo istante si rende conto di averlo in suo potere. Dunque anche altri potrebbero cadere così in suo potere se se ne offrisse l'occasione. Lei sa anche qualcosa d'altro, che è giunto ormai il momento in cui non può più sottrarsi agli obblighi che ha verso se stessa e che di ciò la madre non deve saper nulla, e neppure i fratelli. Lo ha capito quel giorno. Appena è salita sull'auto nera l'ha saputo, si sente lontana da quella famiglia, per la prima volta e per sempre. Ormai non devono più sapere che ne sarà di lei. Anche se qualcuno la prende, la porta via, la ferisce, la sciupa, la madre e i fratelli non devono più saperlo. Questo è il loro destino e lei già ne piange, sulla limousine nera.

La ragazza adesso dovrà affrontare quell'uomo, il primo, colui che le è comparso davanti sul traghetto.

È arrivato presto quel giorno, un giovedì. È venuto, come i giorni precedenti, a prenderla all'uscita del liceo per accompagnarla al pensionato e poi, una volta, è venuto al pensionato un giovedì pomeriggio e l'ha portata con sé nell'auto nera.

Sono a Cholen, dalla parte opposta rispetto ai viali che collegano la città cinese al centro di Saigon, quelle grandi strade all'americana, solcate dai tram, i risciò, gli autobus. È il primo pomeriggio. Così lei non sarà costretta a uscire in fila con le altre ragazze del pensionato.

È un quartiere a sud della città. La casa è moderna, ammobiliata sommariamente in stile liberty. Lui dice: i mobili non li ho scelti io. La stanza è al buio, lei non gli chiede di aprire le persiane. Non prova nessun sentimento preciso, non odio e neppure ripugnanza, allora forse è desiderio. Non lo sa. Ha accettato di andare appena lui glielo ha proposto, la sera prima. Ora lei è dove deve essere, come un oggetto spostato. Ha un po' di paura, perché si aspetta di averla e perché nel suo caso dovrebbe proprio succedere così. È attentissima all'aspetto delle cose, alla luce, al baccano della città in cui la camera è immersa. Lui trema. Prima la guarda come aspettando che parli, ma lei non parla, lui allora non fa neppure un gesto, non la spoglia, dice di amarla pazzamente, lo dice a voce bassa, poi tace. Lei non risponde, potrebbe rispondergli che non lo ama, non dice niente. Ad un tratto lei sa, in quell'istante sa che lui non la conosce, che non la conoscerà mai, che non avrà mai modo di conoscere un essere tanto perverso, che non potrà mai riuscire ad afferrarla. È lei che deve sapere. Lei sa. Proprio perché lui lo ignora, tutt'a un tratto lei sa: le era piaciuto già sul traghetto, le piace, tutto dipende da lei.

Gli dice: vorrei che non mi amassi, e se mi ami, vorrei che facessi come con le altre donne. Lui la guarda, spaventato, domanda: è questo che vuoi? Lei risponde di sì. E lui soffre già, in quella camera, per la prima volta, su questo certo non mente. Le dice di saper già che lei non lo amerà mai e lei lo lascia parlare. Dice: forse, poi lo lascia parlare ancora.

Dice che è solo, atrocemente solo con quel suo amore per lei. Anche lei gli dice che è sola. Non dice con che cosa. Lui dice: mi hai seguita fino a qui come avresti seguito chiunque. Lei risponde che non può saperlo, che prima d'ora non aveva mai seguito nessuno in una camera. Gli dice di non parlare, di fare come fa di solito con le donne che porta nella sua garçonnière. Lo supplica di fare nello stesso modo.

Le toglie il vestito e lo getta lontano, le strappa di dosso le mutandine di cotone bianco e la porta così nuda sul letto. Poi si gira dall'altra parte e piange. E lei, calma, paziente, lo tira verso di sé e comincia a spogliarlo. A occhi chiusi, lentamente. Lui vorrebbe aiutarla. Lei gli chiede di non muoversi. Lasciami. Dice che vuol farlo lei. Lo fa. Lo spoglia. Lui si limita a spostarsi un po' nel letto quando lei glielo chiede, ma appena, delicatamente, come per non svegliarla.

La pelle è sontuosamente morbida. Il corpo, un corpo magro, senza forza, senza muscoli, come dopo una malattia, convalescente, imberbe, senza virilità se non quella del sesso, è debole, disarmato, sofferente. Lei non lo guarda in viso. Non lo guarda affatto, lo tocca, tocca la pelle liscia del sesso, il corpo dorato, la sconosciuta novità. Lui geme, piange. È innamorato in modo abominevole.

Lei, piangendo, lo fa. Prima c'è il dolore. Poi quel dolore viene sopraffatto, trasformato, strappato via lentamente, portato verso il piacere, avviluppato ad esso.

Il mare, sconfinato, semplicemente incomparabile.

Era come se già sul traghetto, anzitempo, l'immagine avesse partecipato di quest'istante.

L'immagine della donna con le calze rammendate ha attraversato la camera. Ha una figura di bambina. I figli lo sapevano già, la figlia, non ancora. Non parleranno mai tra di loro della madre, di quel che sanno e li separa da lei, della conoscenza decisiva, ultima, quella relativa al suo essere bambina.

La madre non ha mai conosciuto il piacere.

Non sapevo che uscisse sangue. Mi chiede se ho sentito male, gli dico di no, è contento.

Asciuga il sangue, mi lava mentre io lo guardo. Insensibilmente torna a crescere il desiderio di lui. Mi domando come ho trovato la forza di fare la cosa proibita da mia madre con tanta calma e tanta determinazione. Come ho potuto andare "fino in fondo".

Ci guardiamo. Lui bacia il mio corpo, mi chiede perché sono andata da lui. Dico che dovevo farlo, che ero come obbligata a farlo. Per la prima volta, parliamo. Gli racconto dei miei fratelli, gli dico che non abbiamo più un soldo, più niente. Lui conosce il fratello maggiore, l'ha incontrato nelle fumerie del posto. Dico che quel fratello, per andare a fumare, deruba mia madre e i domestici, che a volte i padroni delle fumerie vengono a farsi pagare da mia madre. Gli parlo della chiusa, dico che mia madre morirà, che non può continuare così, che forse la morte prossima di mia madre è in relazione con quello che mi è successo oggi.

Mi accorgo di desiderarlo.

Prova pena per me, io gli dico no, non sono da compiangere, nessuno lo è, salvo mia madre. Mi dice: sei venuta con me perché sono ricco. Gli dico che lo desidero com'è, con il suo denaro, che quando l'ho visto era già in quell'auto, circondato dalla ricchezza, non posso sapere che cosa avrei fatto se fosse stato diversamente. Dice: vorrei portarti via, andarmene con te. Gli dico che ancora non potrei lasciare mia madre senza morire di dolore. Dice che non ha avuto fortuna con me, ma che mi darà comunque del denaro, posso star tranquilla. Si sdraia di nuovo, di nuovo rimaniamo in silenzio.

Il rumore della città è fortissimo, lo risento come il sonoro di un film tenuto troppo alto, assordante. Ricordo bene, la stanza è in penombra, circondata dal frastuono continuo della città, fluttuante nella città, nella corsa della città. Rimaniamo in silenzio. Non ci sono vetri alle finestre, solo tende e persiane, sulle tende si vedono le ombre di chi passa nel sole sul marciapiede, una fitta folla di ombre striate dalle stecche della persiana. Gli zoccoli di legno ci rimbombano in testa, le voci sono stridule; la lingua cinese è una lingua gridata, come mi sono sempre immaginata le lingue dei deserti, una lingua incredibilmente remota.

Fuori il giorno finisce, si sente dal rumore delle voci e dai passi sempre più fitti; è una città di piacere che vive soprattutto di notte, e la notte comincia quando il sole tramonta.

Tra il letto e la città ci sono solo le persiane a stecche e le tende di cotone, nessun materiale compatto ci separa dalla gente, essa ignora la nostra esistenza, noi percepiamo un po' della sua, l'insieme delle voci, dei movimenti somiglia a una sirena dall'urlo spezzato, triste, senza eco.

Odori di zucchero caramellato arrivano fino a noi, di noccioline tostate, di minestra cinese, di carne arrosto, di erbe, di gelsomino, di polvere, di incenso, di brace, mettono il fuoco nelle ceste e lo vanno a vendere per strada, l'odore della città è uguale a quello dei villaggi della savana, a quello della foresta.

Lo vedo, tutt'a un tratto, con indosso un accappatoio nero. Se ne sta seduto, bevendo whisky, fumando.

Mi ha detto che avevo dormito, e che lui intanto aveva fatto la doccia. Ero piombata nel sonno senza quasi accorgermene, ora sul tavolino la lampada è accesa.

È un abitudinario, penso improvvisamente, deve venire abbastanza spesso in questa camera, un uomo che deve far spesso l'amore, un uomo che ha paura, che fa spesso l'amore per vincere la paura. Gli dico che mi piace pensare che abbia molte donne, e che io sia una, confusa tra le tante.

Ci guardiamo, ha capito che cosa voglio dire. A un tratto ha uno sguardo alterato, falso, intrappolato nel male, nella morte.

Gli dico di avvicinarsi, di ricominciare a prendermi. Si avvicina. Sa di tabacco inglese, di profumo di lusso, di miele, la pelle ormai ha preso l'odore della seta, l'odore fruttato del tussor di seta, l'odore dell'oro. Lo desidero. Gli dico il desiderio che ho di lui. Aspetta, dice. Mi parla, dice di aver capito subito, fin dall'attraversamento del fiume, che sarei stata così dopo aver fatto l'amore, che avrei amato amare, dice di saper già che lo ingannerò, che ingannerò tutti gli uomini che avrò e che lui è stato lo strumento della propria infelicità. Sono contenta di quanto mi annuncia e glielo dico. Diventa violento, un sentimento disperato lo scuote, mi si getta addosso, morde i seni di bambina, grida, insulta. Chiudo gli occhi per l'intensità del piacere. Penso: è abituato, non fa altro nella vita, fa solo l'amore, solo questo. Le mani sono abili, meravigliose, perfette. Sono fortunata, evidentemente, è come se per lui fosse un mestiere; senza saperlo, sa con esattezza che cosa deve fare, dire. Mi tratta da puttana, da schifosa, dice che sono il suo unico amore, questo deve dire, questo si dice quando si dà libero corso alle parole, quando si lascia il corpo fare, cercare, trovare, prendere quel che vuole, tutto va bene, senza residui, i residui vengono occultati, tutto è trascinato dal torrente, dalla forza del desiderio.

Il rumore della città è vicino, si strofina contro il legno delle persiane. Sembra che la gente attraversi la stanza. Accarezzo il suo corpo in quel rumore, in quel via vai. Il mare: l'immensità che si accavalla, si allontana, ritorna.

Gli avevo chiesto di farlo ancora e ancora. Di farmi così. L'aveva fatto, l'aveva fatto nella vischiosità del sangue. Ed era stato proprio come morire. È stato come morirne.

Ha acceso una sigaretta, me l'ha data e ha parlato, sottovoce, contro la mia bocca.

Anch'io gli ho parlato sottovoce.

Poiché lui non sa farlo, lo dico io per lui, al posto suo; poiché non sa di avere un'eleganza suprema, lo dico io per lui.

Ora sta scendendo la sera. Mi dice che mi ricorderò questo pomeriggio per tutta la vita, anche quando avrò dimenticato il suo volto, il suo nome. Gli domando se mi ricorderò della casa. Mi dice: guardala bene. La guardo, dico che non ha niente di speciale. Dice: proprio così, come sempre.

Rivedo ancora il volto. Ricordo il nome. Vedo le pareti imbiancate, la tenda di tela abbassata sull'afa esterna, la porta ad arco che dà sull'altra camera e su un giardino dove le piante sono morte per il caldo, circondato di balaustre azzurre come la grande villa di Sadec dalle terrazze digradanti, sul Mekong.

È un luogo triste, il relitto di un naufragio. Mi chiede a che cosa penso. Rispondo che penso a mia madre, che essa mi ucciderebbe se sapesse la verità. Fa uno sforzo e poi dice che capisce mia madre, parla di disonore. Dice che non lo tollererebbe in una da sposare. Lo guardo. Anche lui mi guarda, si giustifica con fierezza, dice: sono cinese. Sorridiamo. Gli chiedo se è normale esser così tristi. Dice che è perché abbiamo fatto l'amore di giorno, quando il caldo era più forte. Dice che dopo è sempre terribile, sorride e dice: che due si amino o non si amino, è sempre terribile. Dice che passerà con la notte, appena verrà la notte. Gli dico che non è solo per questo, si sbaglia, aspettavo questa tristezza, era dentro di me, sono sempre stata triste. Lo vedo anche dalle foto di quando ero piccola. Oggi, questa tristezza di sempre, potrei chiamarla con il mio nome, tanto mi assomiglia. Oggi questa tristezza è un sollievo, il sollievo di esser finalmente precipitata nel baratro che mia madre mi annuncia da sempre, quando urla nel deserto della sua vita. Gli dico: non capisco bene che cosa dica, ma so che questa camera è quello che aspettavo. Parlo senza dargli il tempo di rispondere. Gli dico che mia madre grida la sua verità come un messaggero divino, grida che non bisogna aspettarsi niente, mai, né dalle persone, né dallo Stato, né da Dio. Mi guarda parlare, mi fissa, contempla la mia bocca mentre parlo, sono nuda, mi accarezza, forse non mi ascolta neppure, non so. Dico che non faccio dell'infelicità in cui mi trovo una questione personale. Gli racconto com'era difficile anche solo mangiare, vestirsi, vivere insomma, con lo stipendio di mia madre. Faccio sempre più fatica a parlare. Dice: come facevate? Gli dico che eravamo sul lastrico, che la miseria aveva distrutto la famiglia e che ci eravamo ritrovati ognuno per conto proprio, a fare quello che si voleva. Gente ormai senza regole. Ecco perché sono qui con te. È su di me, si avventa ancora in me. Rimaniamo così a gemere nel clamore della città là fuori. Lo sentiamo ancora, poi non lo sentiamo più.

I baci sulla pelle fanno piangere e sono una consolazione. In casa non piango. Quel giorno in quella camera le lacrime mi consolano del passato e anche dell'avvenire. Gli dico che un giorno mi separerò da mia madre, che un giorno non proverò più amore neppure per lei. Piango. Appoggia la testa sul mio corpo e piange perché mi vede piangere. Gli dico che quand'ero piccola l'infelicità di mia madre occupava i miei sogni, sognavo mia madre, mai gli alberi di Natale, sempre e soltanto lei, lei scorticata viva dalla miseria, lei, fuori di sé, che parlava nel deserto, che cercava di procurare il cibo o che raccontava incessantemente la sua storia, la storia di Marie Legrand di Roubaix, e parlava della sua innocenza, dei suoi risparmi, della sua speranza.

È scesa la sera attraverso le persiane. Il frastuono diventa più forte, più acuto, meno sordo. Si sono accese le lampade dalla luce rossastra.

Siamo usciti dalla garçonnière. Mi sono rimessa il cappello da uomo con il nastro nero, le scarpe d'oro, il rossetto scuro sulle labbra, il vestito di seta. A un tratto mi sento invecchiata. Lui lo vede, dice: sei stanca.

Sul marciapiede la calca si muove in tutte le direzioni, lenta o svelta, si fa largo, rognosa come certi cani randagi, cieca come certi mendicanti, una folla cinese che riconosco anche nelle immagini della prosperità di adesso da come tutti camminano insieme senza impazienza, da come sono soli anche nella ressa, apparentemente senza felicità, senza tristezza, senza curiosità, come se camminassero per non andare da nessuna parte, senza intenzione, scegliendo ora l'una ora l'altra direzione solo perché si trovano lì, soli e nella folla, mai soli da soli, sempre soli nella folla.

Andiamo in uno di quei ristoranti cinesi su molti piani, che occupano un intero edificio, grandi come supermercati, come caserme, con balconi e terrazze sulla città. C'è un rumore inconcepibile in Europa, ordinazioni urlate dai camerieri, raccolte e di nuovo urlate nelle cucine. È impossibile parlare in questi ristoranti. Sulle terrazze suonano orchestre cinesi. Andiamo al piano più tranquillo, quello degli europei; i piatti sono gli stessi, ma c'è meno chiasso. Ci sono ventilatori e pesanti tendaggi contro il rumore.

Gli chiedo di spiegarmi la ricchezza di suo padre, da dove viene. Dice che non gli piace parlare di soldi ma, visto che lo desidero, mi dirà quanto sa della ricchezza del padre. Tutto è cominciato a Cholen con i "compartimenti" per indigeni. Ne ha fatti costruire trecento. Possiede intere strade. Parla francese con un accento parigino un po' forzato, parla del denaro con sincera disinvoltura. Il padre ha venduto alcuni immobili per comprare terreni edificabili a sud di Cholen. Gli pare che abbia venduto anche delle risaie a Sadec. Gli domando come fa con le epidemie. Dico di aver visto intere strade di "compartimenti" chiuse da un giorno all'altro, con porte e finestre sbarrate per l'epidemia di peste. Mi dice che qui ce n'è meno, si derattizza più spesso che nelle località della savana e attacca un lungo discorso sui "compartimenti". Costano molto meno dei palazzi e delle case singole e rispondono meglio alle esigenze dei quartieri popolari. Qui alla gente piace stare insieme, soprattutto alla gente povera che viene dalla campagna e che è abituata a star molto all'aperto. Le abitudini dei poveri vanno rispettate. Suo padre, appunto, ha appena fatto tutta una serie di "compartimenti" con gallerie coperte che danno sulla strada, così le strade sono più luminose, più piacevoli. La gente passa le giornate nelle gallerie esterne, ci dorme persino, quando fa molto caldo. Gli dico che anche a me sarebbe piaciuto abitare in una galleria esterna, che quando ero piccola il mio ideale era dormire fuori. Improvvisamente ho male, appena, un male leggero, è il battito del cuore che si è spostato lì nella piaga viva e recente che mi ha provocato colui che mi parla, colui che mi ha dato il piacere del pomeriggio. Non sento più quel che dice, non l'ascolto più. Lui se ne accorge e tace. Gli dico di continuare a parlare. Lo fa. Ascolto di nuovo. Dice che pensa sempre a Parigi, trova che sono molto diversa dalle parigine, molto meno affabile. Io gli dico che quello dei "compartimenti" non mi sembra poi tanto un buon affare. Non mi risponde più.

Finché è durata la nostra storia, per un anno e mezzo, faremo sempre questo tipo di discorsi, senza parlare mai di noi. Fin dai primi giorni, sapendo che è impossibile un avvenire in comune, eviteremo di parlare dell'avvenire, faremo discorsi quasi giornalistici, ora discutendo, ora trovandoci d'accordo.

Gli dico che il soggiorno in Francia gli è stato

fatale. È d'accordo. Dice che a Parigi ha comprato tutto, donne, istruzione, idee. Ha dodici anni più di me e questo lo spaventa. Ascolto come parla, come si sbaglia, come mi ama anche, con una teatralità insieme convenzionale e sincera.

Gli dico che lo presenterò ai miei, lui vuole scappare e io rido.

Può esprimere i suoi sentimenti solo attraverso la parodia. Scopro che non ha la forza di amarmi contro il volere del padre, di prendermi, di portarmi via. Piange perché non trova la forza di amarmi al di là della paura. Il suo eroismo sono io, il suo servilismo è il denaro paterno.

Quando gli parlo dei miei fratelli si spaventa, come se si sentisse smascherato. Crede che tutti intorno a me aspettino la sua domanda di matrimonio. Sa che si è già compromesso agli occhi della mia famiglia, ormai può solo peggiorare la situazione e di conseguenza perdermi.

Dice che è andato a Parigi per fare studi commerciali, poi dice finalmente la verità, che non ha fatto niente e che suo padre gli ha tagliato i viveri, che gli ha mandato il biglietto di ritorno e lui si è visto costretto a lasciare la Francia. Questo ritorno è la sua tragedia. Non ha finito gli studi commerciali e dice che conta di finirli qui con un corso per corrispondenza.

Gli incontri con la famiglia sono cominciati con le grandi cene a Cholen. Gli dico che deve invitare mia madre e i miei fratelli, quando vengono a Saigon, nei grandi ristoranti cinesi che essi non conoscono, dove non sono mai andati.

Sono serate tutte uguali. I miei fratelli mangiano avidamente e non gli rivolgono mai la parola. Non lo guardano neppure, non possono guardarlo, non potrebbero farlo. Se potessero fare lo sforzo di vederlo, sarebbero anche capaci di studiare regolarmente, di accettare le regole della vita sociale. Durante il pasto soltanto mia madre parla, pochissimo, soprattutto i primi tempi, fa qualche commento sui cibi che ci portano, sul loro prezzo esorbitante, poi tace. Lui, le prime due volte, si butta, cerca di raccontare le sue prodezze a Parigi, ma invano; è come se non avesse parlato, come se nessuno avesse sentito. Il suo tentativo annega nel silenzio. I miei fratelli continuano a divorare il cibo, lo divorano come non ho mai visto fare in nessun posto, da nessuno.

Paga. Conta il denaro, lo mette nel piattino. Tutti lo guardano. Mi ricordo che la prima volta erano settantasette piastre. Mia madre frena una risatina nervosa. Ci alziamo per andarcene. Nessuno ringrazia. Nessuno dice mai grazie per la buona cena, o buonasera, o arrivederci, o come va, nessuno dice mai niente.

I miei fratelli non gli rivolgeranno mai la parola, come se fosse invisibile, come se non fosse abbastanza consistente per essere percepito, visto, sentito da loro. Questo perché lo vedono ai miei piedi, perché hanno stabilito che non l'amo, che sto con lui per i soldi, che non posso amarlo, è impossibile, e lui è pronto a sopportare tutto da me senza mai ottenere il mio amore. E perché è un cinese, non un bianco. Che questo conti, il fratello maggiore lo dimostra da come tace e da come finge di ignorare la presenza del mio amante, e noi ci comportiamo tutti come lui. Neppure io, davanti a loro, gli parlo. In loro presenza non devo mai rivolgergli la parola, salvo quando gli trasmetto un loro messaggio. Ad esempio, dopo la cena, quando i miei fratelli mi dicono che vogliono andare a bere e a ballare alla Source, sono io che gli dico che vogliamo andare alla Source per bere e ballare. Lui da principio fa finta di non aver sentito, e io, secondo la logica del fratello maggiore, non devo ripetere, reiterare la domanda, farlo sarebbe uno sbaglio, sarebbe accondiscendere alla sua ritrosia. A voce bassa, in tono che vorrebbe essere intimo, mi dice che vorrebbe stare un po' solo con me. Lo dice per metter fine al supplizio e io devo considerarla un'ulteriore perfidia, come se con questo volesse far vedere che è offeso, denunciare il comportamento di mio fratello nei suoi confronti, dunque neppure questa volta debbo rispondergli. Lui continua, trova addirittura il coraggio di dire: guarda tua madre com'è stanca, e infatti lei cade sempre dal sonno dopo le favolose cene dei cinesi di Cholen. Non apro bocca. Allora si sente la voce del fratello maggiore, pronunzia solo una frase, breve, sferzante, definitiva. Mia madre diceva sempre: di tutti e tre, è quello che parla meglio. Dopo aver pronunciato quella frase, mio fratello rimane in attesa. Tutto si ferma; riconosco la paura del mio amante, è la stessa paura del minore dei miei fratelli. Cede. Andiamo alla Source, e anche mia madre viene con noi, a dormire alla Source.

Non è più il mio amante in presenza del fratello maggiore. Continua a esistere ma non è più nulla per me. Terra bruciata. Il mio desiderio, ubbidiente al fratello, respinge l'amante. Ogni volta che li vedo insieme, mi sembra di non poterne sopportare la vista. Rinnego il mio amante proprio per quel suo corpo gracile, per quella debolezza che mi travolge di piacere. Davanti a mio fratello diventa uno scandalo inconfessabile, un motivo di vergogna da tener nascosto. Non posso lottare contro gli ordini silenziosi di mio fratello. Solo quando riguardano l'altro fratello posso farlo, ma quando si tratta del mio amante, sono impotente contro me stessa. A parlarne adesso, rivedo l'espressione ipocrita, l'aria distratta di chi finga di guardare altrove, di aver altro a cui pensare, ma che tuttavia, si vede da come stringe le mascelle, sopporta questa sconvenienza solo per poter fare un buon pasto in un ristorante caro, cosa che peraltro dovrebbe essere normale. Intorno al ricordo, il chiarore livido della notte del cacciatore, e uno stridulo segnale di allarme, come un grido di bambino.

Anche alla Source, nessuno parla.

Ordiniamo dei Martel Perrier per tutti. I miei fratelli li bevono subito e ne ordinano altri, mia madre e io passiamo loro i nostri. Dopo poco i miei fratelli sono ubriachi. Continuano a non rivolgergli la parola, ma attaccano con le recriminazioni. Soprattutto il più piccolo. Si lamenta che il posto sia triste e che non ci siano entraîneuses. Nei giorni infrasettimanali alla Source c'è pochissima gente. Ballo con lui, con il fratello piccolo. Ballo anche con il mio amante. Non ballo mai con il fratello maggiore, non ho mai ballato con lui. Mi ha sempre trattenuto l'oscuro timore di un pericolo, di quell'attrazione malefica che esercita su tutti, della vicinanza dei nostri corpi.

Ci assomigliavamo in modo sorprendente, soprattutto di viso.

Il cinese di Cholen mi parla, sull'orlo del pianto, dice: che cosa gli ho fatto. Gli dico di non agitarsi, che è sempre così, anche tra di noi, in ogni circostanza della vita.

Glielo spiegherò quando ci incontreremo di nuovo nella garçonnière. Gli dico che quella violenza fredda, insultante, del mio fratello maggiore accompagna tutto ciò che ci succede, che ci capita. Il suo primo moto è uccidere, annientare, tiranneggiare, disprezzare, scacciare, far soffrire. Lo esorto a non aver paura, non corre nessun rischio, perché la sola persona che quel fratello teme, la sola che riesce stranamente a intimidirlo, sono io.

Mai buongiorno, buonasera, buon anno. Mai grazie. Mai una parola, mai il bisogno di dire una parola. Muti, lontani. Una famiglia di sasso, pietrificata, chiusa in uno spessore inaccessibile. Tentiamo ogni giorno di ucciderci, di uccidere. Non parliamo tra di noi, non ci guardiamo neppure. Dal momento che siamo visti, non possiamo guardare. Guardare significa avere curiosità verso, nei riguardi di, significa abbassarsi. È sempre disonorevole, non c'è nessuno che valga uno sguardo. Ogni conversazione è bandita, questo soprattutto rivela la nostra vergogna e il nostro orgoglio, odiamo ogni comunanza, familiare o di altro tipo, la consideriamo degradante. Ci unisce la vergogna essenziale di dover vivere la vita, vergogna dovuta alla parte più profonda della nostra storia, all'esser tutti e tre figli di quell'onesta creatura che la società ha assassinato. Facciamo parte della società che ha ridotto mia madre alla disperazione. Per quel che è stato fatto a lei, così dolce, così fiduciosa, odiamo la vita e ci odiamo.

Nostra madre non immaginava l'influenza che avrebbe avuto su di noi lo spettacolo della sua disperazione, parlo soprattutto dei figli, dei maschi. Ma anche se l'avesse previsto, come avrebbe potuto far tacere ciò che ormai era diventata la sua storia? far mentire il volto, lo sguardo, la voce? l'amore? Poteva morire, sopprimersi, disperdere l'invivibile comunità, separare definitivamente il figlio maggiore dai due più piccoli. Non l'ha fatto. È stata imprudente, incoerente, irresponsabile. Era tutto questo. Ha vissuto. L'abbiamo amata tutti e tre oltre l'amore. Proprio perché non avrebbe potuto, perché non poteva tacere, nascondere, mentire, noi tre, pur così diversi, l'abbiamo amata allo stesso modo.

È stato lungo. È durato sette anni. È cominciato quando avevamo dieci anni. E poi abbiamo avuto dodici anni, e poi tredici, quattordici, quindici anni. E poi sedici, diciassette anni.

È durato tutto questo tempo, sette anni, e poi finalmente abbiamo rinunciato a sperare, abbandonata la speranza, abbandonata anche la lotta contro l'oceano. All'ombra della veranda guardiamo la montagna del Siam, cupa sotto il sole, quasi nera. Nostra madre si è finalmente calmata, si è chiusa in se stessa. Noi siamo ragazzi eroici, disperati.

Il più piccolo dei miei fratelli è morto nel dicembre del 1942, durante l'occupazione giapponese. Avevo lasciato Saigon dopo la maturità, nel 1931. In dieci anni mi aveva scritto una sola volta, non so perché. Era una lettera convenzionale, in bella copia, senza errori, scritta con cura. Mi scriveva che stavano bene, che la scuola funzionava bene, era una lunga lettera di due pagine fitte. Ho riconosciuto la sua calligrafia infantile. Mi scriveva che aveva una casa, una macchina, mi diceva anche di che marca, che aveva ricominciato a giocare a tennis, che stava bene, che andava tutto bene. Che mi amava e mi baciava forte forte. Non parlava della guerra né del fratello maggiore.

Parlo spesso dei miei fratelli come di un'unica entità, come faceva nostra madre. Dico: i miei fratelli, anche lei in pubblico diceva: i miei figli. Ha sempre parlato della forza dei suoi figli in maniera insultante. Per gli altri, non specificava, non diceva che il primo era molto più forte del secondo, diceva che erano forti come i suoi fratelli, gli agricoltori del Nord. Andava fiera della forza dei figli, come era andata fiera di quella dei fratelli.

Come il suo primogenito, anche lei disprezzava i deboli. Diceva del mio amante di Cholen quello che ne diceva il mio fratello maggiore. Non scrivo le loro parole, erano parole che si usano per le carogne abbandonate nei deserti. Dico: i miei fratelli, perché anch'io dicevo così. Dopo non l'ho più detto, quando il fratello più piccolo è cresciuto ed è diventato un martire.

Non si celebrano le feste nella nostra famiglia, non c'è mai l'albero di Natale, mai fazzoletti ricamati, mai fiori. Non si commemorano neppure i morti, le sepolture, i ricordi. Solo lei è al centro di tutto. Il fratello maggiore rimarrà un assassino. Il fratello più piccolo ne morirà. Io me ne sono andata, sono riuscita ad allontanarmi. Il fratello maggiore l'ha avuta tutta per sé fin quando è morta.

Al tempo di Cholen, dell'immagine, dell'amante, mia madre ha un sussulto di follia. Non sa niente di quanto è successo a Cholen, ma vedo che mi osserva, che sospetta qualcosa. Conosce sua figlia, da qualche tempo intorno a questa bambina aleggia qualcosa di strano, un riserbo nuovo che attira l'attenzione, parla più lentamente del solito, è distratta, lei che era così curiosa di tutto, ha uno sguardo diverso, è diventata la spettatrice di sua madre, dell'infelicità di sua madre, la osserva come se assistesse alla sua recita. Improvviso spavento nella vita della madre. La figlia corre il pericolo più grave, quello di non sposarsi, di non avere un posto nella società, di rimanere vulnerabile, perduta, sola. Nelle sue crisi, mi si butta addosso, mi rinchiude in camera, mi dà pugni, schiaffi, mi spoglia, mi si avvicina, mi annusa, annusa la biancheria, dice di sentire l'odore dell'uomo cinese, guarda persino se c'è qualche macchia sospetta e urla, da farsi sentire in tutta la città, che sua figlia è una prostituta, che lei la sbatterà fuori di casa, che vorrebbe vederla crepare, che nessuno la vorrà più, che è disonorata, che è peggio di una cagna. Piange chiedendosi che cosa può farne, se non cacciarla di casa perché non appesti tutto.

Al di là della parete, il fratello.

Il fratello risponde alla madre, le dice che fa bene a picchiare la bambina, con voce calma, intima, carezzevole le dice che devono scoprire la verità a qualunque costo, devono scoprirla perché la piccola non si rovini, perché la madre non si disperi. La madre colpisce con tutte le forze. Il fratello minore le grida di smettere, va in giardino a nascondersi, ha paura che mi uccidano, ha sempre paura del fratello maggiore, di quello sconosciuto. La sua paura calma la madre che ora piange su quel disastro che è la sua vita, sulla sua creatura disonorata. Anch'io piango. Mento. Le giuro che non c'è stato niente, neppure un bacio. Come puoi pensare, dico, con un cinese, come puoi pensare che vada con quel cinese brutto e gracile? So che mio fratello è incollato alla porta, ascolta, sa quello che fa mia madre, sa che la bambina è nuda e percossa e vorrebbe che questo continuasse ancora e ancora, fino a metterne in pericolo la vita. Mia madre non ignora il proposito oscuro, terrificante, di mio fratello.

Siamo ancora piccoli e scoppiano continue risse tra i due fratelli, apparentemente senza motivo, salvo quello classico del fratello maggiore che dice al minore: via di lì, mi dai fastidio. Subito dopo lo colpisce. Si picchiano senza una parola, si sente solo il loro respiro, i lamenti, il rumore sordo dei colpi. Mia madre, ogni volta, accompagna la scena con grida da melodramma.

Sono entrambi capaci di quegli scatti di collera, cupa, omicida, che si vedono solo nei fratelli, nelle sorelle, nelle madri. Il fratello maggiore soffre di non poter far liberamente il male, di non disporre del male, non solo qui, ma ovunque. L'altro di assistere impotente a un tale orrore, a una tale inclinazione del fratello.

Quando si picchiavano, temevamo per le loro vite; mia madre diceva che si erano sempre picchiati, che non avevano mai giocato insieme, mai parlato tra loro, che avevano in comune soltanto lei, la madre e soprattutto quella sorellina, che avevano tra loro unicamente un legame di sangue.

Credo che solo del maggiore mia madre dicesse: il mio bambino. Qualche volta lo chiamava così. Degli altri due diceva: i più piccoli.

Di tutto questo agli altri non dicevamo niente, dapprima avevamo imparato a tacere sulla cosa più importante della nostra vita: la miseria. Poi anche su tutto il resto. I primi confidenti, la parola sembra eccessiva, sono stati gli amanti, le persone che incontravamo fuori, nelle strade di Saigon prima, e in seguito sui piroscafi di linea, sui treni, dappertutto.

Mia madre, tutt'a un tratto, verso la fine del pomeriggio, soprattutto nella stagione asciutta, decide di far lavare la casa da cima a fondo, per ripulirla dice, disinfettarla, rinfrescarla. La casa è costruita su un terrapieno che la isola dal giardino, dai serpenti, dagli scorpioni, dalle formiche rosse, dalle inondazioni del Mekong, da quelle che seguono ai tifoni nella stagione monsonica. Questo permette di lavarla con grandi secchiate d'acqua, di annaffiarla come un giardino. Le sedie sono capovolte sui tavoli, l'acqua gronda e ricopre i piedi del pianoforte del salottino, scende dalle scalinate esterne, invade il portico davanti alla cucina. I piccoli boys sono felici, ci spruzziamo d'acqua insieme a loro e poi insaponiamo il pavimento con il sapone di Marsiglia. Siamo tutti a piedi nudi, anche mia madre. La madre ride, non protesta. Tutta la casa profuma dell'odore delizioso di terra bagnata dal temporale, un odore che fa impazzire di gioia, soprattutto quando è mischiato all'altro, quello del sapone di Marsiglia, odore puro, onesto, l'odore della biancheria pulita di nostra madre, dell'immenso candore di nostra madre. L'acqua scorre fin nei vialetti. Arrivano i parenti dei boys, i visitatori, i bambini bianchi delle case vicine. La madre è felice di quel disordine, può essere molto, molto felice se riesce a dimenticare, lavare la casa può renderla felice. Va in salotto, si siede al piano, suona le uniche arie che conosce a memoria, quelle imparate a scuola. Canta. A volte scherza, ride. Si alza e balla continuando a cantare. E tutti pensano, come lei, che si può esser felici in quella casa che sembra trasformarsi all'improvviso in uno stagno, in un campo in riva a un fiume, in un guado, in una spiaggia.

I due più piccoli, la bimbetta e il fratellino, sono i primi a ricordarsi. Ad un tratto smettono di ridere e vanno in giardino, dove cala la sera.

Mi viene in mente, proprio nell'istante in cui scrivo, che il fratello maggiore non era a Vinhlong quando lavavamo la casa. Era dal nostro tutore, un prete di paese, nel Lot-et-Garonne.

Anche a lui capitava di ridere a volte, ma non

quanto a noi. Dimentico tutto, dimentico persino di dire che ridevamo tanto, io e il mio fratellino, ridevamo sino a rimanere senza fiato, senza vita.

Per me la guerra ha i colori della mia infanzia. Confondo il tempo della guerra con il regno del fratello maggiore. Probabilmente anche perché è durante la guerra che è morto il mio secondo fratello: il cuore, come ho già detto, aveva ceduto, si era arreso. Il fratello maggiore, credo proprio di non averlo mai visto, durante la guerra. Già non mi importava più di sapere se era vivo o morto. La guerra era come lui: invadeva, penetrava, imprigionava, rubava, c'era sempre, in tutto, mescolata a tutto, eterogenea, presente, nel corpo, nel pensiero, nella veglia, nel sonno, sempre, in preda all'inebriante passione di occupare l'adorabile territorio del corpo bambino, il corpo dei più deboli, dei popoli vinti, perché il male è alle porte, ci sta addosso.

Torniamo nella garçonnière. Siamo amanti, non possiamo smettere di amarci.

Talvolta non rientro al pensionato, dormo vicino a lui. Non voglio dormire nel caldo delle sue braccia, ma dormo nella stessa camera, nello stesso letto. Qualche volta salto la scuola. Andiamo a mangiare in città di notte. Gli piace farmi la doccia, lavarmi, sciacquarmi, truccarmi e vestirmi, mi adora, sono la sua preferita. Vive nel terrore che incontri un altro uomo. Io non ho mai paura di niente di simile. Ha anche un'altra paura, non perché sono bianca, ma perché sono ancora piccola e lui potrebbe andare in prigione se venisse scoperta la nostra storia. Mi dice di continuare a mentire a mia madre e soprattutto al fratello maggiore, di non dire niente a nessuno. Io continuo a mentire. Rido della sua paura. Gli dico che siamo poverissimi, che quindi mia madre non potrebbe intentare una causa, e che del resto le cause che ha intentato le ha tutte perse, contro il catasto, contro gli amministratori, contro i governatori, contro la legge, sbaglia sempre, non sa mantenere la calma, aspettare e ancora aspettare, non può, grida e rovina tutto. In questo caso sarebbe lo stesso, non val la pena di aver paura.

Marie-Claude Carpenter. Era americana, se ben ricordo di Boston. Gli occhi erano chiari, grigiazzurri. 1943. Marie-Claude Carpenter era bionda, appena sfiorita, piuttosto bella, credo, con un sorriso breve, che si interrompeva subito, spariva in un lampo, con una voce che improvvisamente risento, bassa, un po' discordante negli acuti. Aveva quarantacinque anni, già una certa età, abitava nel sedicesimo circondario, vicino a piazza dell'Alma, in un grande appartamento che occupava l'ultimo piano di uno stabile prospiciente la Senna. Si andava a cena da lei in inverno, o a pranzo in estate. I pasti venivano ordinati nelle migliori rosticcerie di Parigi. La qualità era decorosa, la quantità scarsa. La vedevamo solo a casa sua, mai fuori. C'era, ogni tanto, un seguace di Mallarmé. Spesso c'erano anche due o tre letterati, venivano una volta e poi non si facevano più vedere. Non ho mai saputo dove li pescasse, dove li avesse conosciuti e perché li invitasse. Non ne ho mai sentito parlare, non ho mai letto né sentito citare le loro opere. I pasti duravano poco. Si parlava molto della guerra, era l'epoca di Stalingrado, la fine dell'inverno 1942. Marie-Claude Carpenter ascoltava molto, faceva domande, parlava poco, spesso si stupiva di non conoscere tanti avvenimenti, rideva. Finito il pasto si scusava di dover uscire subito, aveva da fare, diceva. Non diceva mai che cosa. Quando eravamo abbastanza numerosi ci trattenevamo ancora un'ora o due. Ci diceva: rimanete quanto vi pare. Non si parlava di lei in sua assenza. Del resto penso che nessuno avrebbe potuto farlo perché nessuno la conosceva. Ce ne andavamo, tornavamo a casa sempre con l'impressione di aver vissuto una specie di incubo, di aver passato alcune ore in una casa sconosciuta, in compagnia di invitati anch'essi sconosciuti e che si trovavano nella nostra stessa situazione, di aver vissuto un momento senza domani, senza alcuna motivazione né umana né di altro tipo. Era come aver attraversato una terza frontiera, aver fatto un viaggio in treno, aver aspettato in sale di aspetto di medici, in alberghi, in aeroporti. D'estate pranzavamo su una grande terrazza che dava sulla Senna e si prendeva il caffè nel giardino pensile sul tetto, c'era anche la piscina, ma nessuno faceva il bagno. Guardavamo Parigi, i viali deserti, il fiume, le strade. Nelle strade vuote, le catalpe fiorite. Marie-Claude Carpenter. L'osservavo, quasi in continuazione, era più forte di me, anche se questo la infastidiva. La guardavo per sapere, scoprire chi fosse Marie-Claude Carpenter. Perché era lì e non altrove, perché anche lei era venuta da tanto lontano, da Boston, perché era ricca, perché nessuno sapeva assolutamente niente di lei, perché ci invitava come se vi fosse costretta, perché, perché nei suoi occhi, lontano, in fondo allo sguardo, c'era quella particella di morte, perché? Tutti i suoi abiti avevano qualcosa di indefinibile, sembrava che non le appartenessero del tutto, che potessero vestire altre persone. Abiti neutri, semplici, chiarissimi, bianchi come l'estate nel cuore dell'inverno.

Betty Fernandez. Il ricordo degli uomini non ha mai la luminosa chiarezza che ha quello delle donne. Betty Fernandez. Anche lei straniera. Appena ne pronunci il nome eccola aggirarsi per le vie di Parigi, è miope, stringe gli occhi per riconoscere, perché vede pochissimo, e saluta con una debole stretta di mano: Buongiorno, come va? Morta ormai da tanto tempo, forse da trent'anni. Ricordo la sua grazia, è troppo tardi per dimenticarla, niente ha ancora raggiunto quella perfezione, niente la scalfirà mai, né le circostanze, né il momento, né il freddo, né la fame, né la disfatta tedesca, né la piena luce sul Crimine. Passa sempre al di sopra della Storia di quegli eventi, pur così terribili. Anche in questo caso gli occhi sono chiari, il vestito rosa è liso, e polveroso il cappello nero sotto il sole della strada. È snella, alta, un disegno a china, un'incisione. La gente si ferma e guarda stupita l'eleganza di quella straniera che passa senza vedere. Regale. Nessuno indovina subito da dove viene e poi capisce che può venir soltanto da lontano, da laggiù. È bella, bella per questo. Si veste con vecchi indumenti europei, con broccati recuperati, con vecchi tailleur fuori moda, vecchie tende, vecchie sottovesti, vecchi ritagli, vecchi stracci di alta moda, vecchie volpi tarmate, vecchie lontre, la sua bellezza è così, strappata, freddolosa, singhiozzante e da esule, niente è della sua misura, tutto le va grande ma le sta bene, ci nuota dentro, così snella, in vestiti troppo larghi per lei ma tuttavia belli. Lei è così, mente e corpo: tutto quello che la tocca partecipa indefettibilmente della sua bellezza.

Betty Fernandez aveva un "salotto". Ci andavamo qualche volta. Un giorno c'era Drieu la Rochelle, visibilmente malato d'orgoglio, parlava poco, per mantenere le distanze, con voce doppiata, in una lingua che sembrava tradotta, difficile. Forse c'era anche Brasillach ma non ricordo, mi dispiace molto. Sartre non veniva mai. C'era qualche poeta di Montparnasse, ma non so più nessun nome, niente. Non c'erano tedeschi. Non si parlava di politica. Si parlava di letteratura. Ramon Fernandez parlava di Balzac. Si sarebbe stati ad ascoltarlo per notti e notti. Ne parlava attingendo a un sapere ormai spogliato di ogni precisione erudita e che non si curava più di verificare. Non informava, esprimeva pareri. Parlava di Balzac come se parlasse di se stesso, come se una volta avesse tentato di essere anche lui Balzac. Ramon Fernandez porgeva il suo sapere con un garbo sublime, usava la sua competenza in maniera essenziale e trasparente, senza mai farla sentire come un obbligo, un peso. Era un uomo sincero. Era sempre una gioia incontrarlo per strada, al bar, era felice di vederti, ed era vero, ti salutava in letizia. Salve come va? all'inglese, senza virgole, ridendo, e mentre rideva diventava uno scherzo la guerra stessa con le sue inevitabili sofferenze, la Resistenza e il Collaborazionismo, la fame e il freddo, il martirio e l'infamia. Lei, Betty Fernandez, parlava solo delle persone, di chi aveva visto per strada o di chi conosceva, della loro salute, di quello che si poteva ancora trovare nei negozi, della distribuzione di supplementi di latte, di pesce, della maniera di sopperire alla penuria, al freddo, alla fame costante, sempre immersa nei particolari pratici dell'esistenza e sempre con un'amicizia attenta, fedele e tenera. Erano collaborazionisti, i Fernandez, e io, due anni dopo la guerra, membro del PCF. L'equivalenza è assoluta, definitiva. È la stessa cosa, la stessa pietà, la stessa invocazione di aiuto, la stessa incapacità di giudicare, la stessa superstizione che consiste nel credere a una soluzione politica del problema personale. Anche lei, Betty Fernandez, guardava le strade deserte sotto l'occupazione tedesca, guardava Parigi, i giardinetti con le catalpe fiorite come quell'altra donna, Marie-Claude Carpenter. Riceveva anche lei a giorni fissi.

Lui l'accompagna al pensionato nella limousine nera. Si ferma un po' prima dell'entrata per non farsi vedere. È notte. Lei scende, corre via senza voltarsi. Appena attraversato il portone, vede il grande cortile della ricreazione ancora illuminato. Poi, appena percorso il corridoio, la vede che aspetta, già preoccupata, dritta, senza un sorriso, la sente chiedere: dove sei stata? Lei dice: non sono tornata a dormire. Non le dice perché, e Hélène Lagonelle non glielo domanda. Si toglie il cappello rosa e si scioglie le trecce per la notte. Non sei neppure andata al liceo. No. Hélène dice che hanno telefonato, per questo lo sa, le dice che deve andare dalla sorvegliante generale. Ci sono molte ragazze nel cortile semibuio, tutte vestite di bianco. I lampioni sono accesi tra gli alberi. Alcune aule sono ancora illuminate. Ci sono allieve che studiano, altre che rimangono in classe a chiacchierare, o a giocare a carte, o a cantare. Non c'è un'ora fissa per andare a dormire, durante il giorno fa molto caldo, la sera si lascia un po' correre, a discrezione delle sorveglianti. Siamo le uniche bianche del pensionato. Ci sono molte meticce, figlie di soldati, marinai, impiegati della dogana, della posta, dei lavori pubblici, quasi tutte abbandonate dal padre. Molte di loro vengono dal brefotrofio. Alcune sono figlie di meticce e di bianchi. Hélène Lagonelle crede che il governo francese le educhi per farle diventare infermiere negli ospedali, o sorveglianti negli orfanotrofi, nei lebbrosari, nei manicomi. Hélène Lagonelle crede che alcune verranno anche mandate a curare i colerosi e gli appestati nei lazzaretti, piange perché non vuole fare quei lavori, parla sempre di scappare dal pensionato.

Sono andata dalla sorvegliante di turno, è una giovane meticcia che guarda sempre me e Hélène. Dice: lei non è andata al liceo e non è rientrata a dormire stanotte, siamo costretti ad avvertire sua madre. Le dico che non ho potuto fare diversamente, ma che d'ora in poi cercherò di tornare ogni sera a dormire nel pensionato, non è il caso di avvertire mia madre. La giovane sorvegliante mi guarda e mi sorride.

Lo rifarò, mia madre verrà avvertita. Andrà dalla direttrice del pensionato, le chiederà di lasciarmi libera di sera, di non controllare a che ora rientro, di non obbligarmi a uscire in fila la domenica con le altre ragazze. Dice: la ragazza è abituata a esser libera, altrimenti scappa, anch'io, che sono sua madre, non posso costringerla, se non voglio che se ne vada devo lasciarla libera. La direttrice ha acconsentito perché sono bianca; per il buon nome del pensionato bisogna che ci sia qualche bianca fra tante meticce. Mia madre ha detto anche che al liceo studiavo bene, pur essendo così libera, e che i miei studi erano la sua ultima speranza dopo la terribile disgrazia che le era toccata con gli altri due figli.

La direttrice mi ha lasciata vivere nel pensionato come in un albergo.

Presto avrò un diamante di fidanzamento al dito. Le sorveglianti non mi faranno più osservazioni. Magari penseranno che non sono fidanzata, ma il diamante è di grande valore, nessuno metterà in dubbio la sua autenticità e nessuno dirà più niente, per via del valore del diamante che è stato regalato a quella ragazzina così giovane.

Ritorno da Hélène Lagonelle. Si è buttata su una panchina e piange perché crede che lasci il pensionato. Mi siedo accanto a lei. Sono sopraffatta dalla bellezza del suo corpo appoggiato contro il mio. È un corpo sublime, libero sotto il vestito, a portata di mano. Seni come quelli non li ho mai visti. Non li ho mai toccati. È impudica Hélène Lagonelle, e non se ne accorge, va in giro nuda nei dormitori. Una delle cose più belle che Dio abbia creato è il corpo di Hélène Lagonelle, incomparabile, con quel suo equilibrio tra la statura e i seni sporgenti che sembrano esistere per sé soli, separati dal corpo. Nulla è più straordinario di questa rotondità dei seni portati come un accessorio e offerti alle mani altrui. Anche il corpo da cooley del mio fratellino sparisce di fronte a tanto splendore. I corpi degli uomini hanno forme avare, chiuse. Forme che non si sciupano, invece quelle di Hélène Lagonelle durano sì e no un'estate, poi basta. Hélène Lagonelle viene dagli altipiani di Dalat, suo padre è un impiegato postale. È arrivata da poco, a metà dell'anno scolastico. Ha paura, ti si mette accanto e se ne sta lì, zitta, a piangere. Ha una faccia colorita, da montanara, lo si nota subito, qui dove i bambini hanno il pallore verdastro dell'anemia, del caldo torrido. Hélène Lagonelle non va al liceo, non sa andare a scuola, non impara, dimentica tutto. Frequenta le elementari nel pensionato, anche se non ne trae alcun profitto. Piange stretta a me. Le accarezzo i capelli, le mani, le dico che rimarrò con lei, nel pensionato. Non sa di esser bella, Hélène Lagonelle, i genitori non sanno cosa farne, cercano di darle al più presto marito. Potrebbe avere tutti i fidanzati che vuole, Hélène Lagonelle, ma non vuol fidanzarsi, non vuole sposarsi, vuole tornare a stare con sua madre, lei. Finirà per ubbidire alla volontà della madre. È molto più bella di me, della ragazza con il cappello da pagliaccio, con le scarpe di lamé, è infinitamente più facile trovarle marito, sistemarla nella coniugalità, spaventarla, spiegarle quello che le fa paura e che non capisce, ordinarle di starsene buona ad aspettare.

Lei, Hélène Lagonelle non sa ancora quello che so io, eppure ha diciassette anni. Lo sento: non saprà mai quello che so io.

Il corpo di Hélène Lagonelle è pesante, ancora innocente, la morbidezza della pelle è quella di certi frutti, quasi al di là della percezione, illusoria, sconvolgente. Hélène Lagonelle fa venir voglia di ucciderla, fa balenare il sogno meraviglioso di darle la morte con le proprie mani. Porta inconsapevolmente quelle forme di fior di farina, le esibisce per mani che le impastino, per bocche che le mordano, senza trattenerle, senza conoscerle, senza conoscerne il favoloso potere. Vorrei mordere i seni di Hélène Lagonelle, come lui morde i miei, nella camera della città cinese dove ogni giorno vado ad approfondire la conoscenza di Dio. Esser divorata da quei suoi seni di fior di farina.

Sono stremata dal desiderio di Hélène Lagonelle.

Sono stremata di desiderio.

Voglio portare con me Hélène Lagonelle, là dove ogni sera, ad occhi chiusi, aspetto il piacere che mi fa gridare. Vorrei dare Hélène Lagonelle a quell'uomo perché facesse anche su di lei quello che fa su di me. In mia presenza, secondo il mio desiderio, che si offrisse dove io mi offro. Passando dal corpo di Hélène, attraverso il suo corpo, il piacere mi arriverebbe, allora definitivo, da lui.

Da morirne.

La vedo come se fosse fatta della stessa carne dell'uomo di Cholen, ma in un presente radioso, solare, innocente, in uno sbocciare ripetuto ad ogni gesto, ad ogni lacrima, ad ogni sua pecca, ad ogni sua ignoranza. Hélène Lagonelle, è la donna di quell'uomo tormentato che mi dà un piacere così astratto, così difficile, quell'oscuro uomo di Cholen, della Cina. Hélène Lagonelle è della Cina.

Non ho dimenticato Hélène Lagonelle. Non ho dimenticato quell'uomo tormentato. Quando me ne sono andata, quando l'ho lasciato, per due anni non mi sono avvicinata a un uomo. Ma forse questa inesplicabile fedeltà era fedeltà a me stessa.

Sono ancora in quella famiglia, vivo lì, e in nessun altro luogo. La sua aridità, la sua terribile durezza, la sua malvagità mi rendono profondamente sicura, rafforzano la mia essenziale certezza, la certezza che più tardi scriverò.

È quello il posto in cui mi rifugerò, una volta abbandonato il presente, solo quello. Le ore passate nella garçonnière di Cholen me lo fanno apparire sotto una luce fresca, nuova. È un posto irrespirabile che rasenta la morte, un posto di violenza, di dolore, di disperazione, di disonore. È Cholen. Dall'altra parte del fiume, appena attraversato il fiume.

Non so che ne è stato di Hélène Lagonelle, forse è morta. Ha lasciato il pensionato prima che partissi per la Francia. È tornata a Dalat. Glielo aveva chiesto sua madre. Mi pare di ricordarmi che doveva sposarsi, conoscere uno che arrivava dalla metropoli. Forse mi sbaglio, mescolo quello che pensavo le sarebbe accaduto con la sua partenza forzata, richiesta dalla madre.

Devo dirvi che cos'era, com'era. Ecco: deruba i boys per andare a fumare l'oppio. Deruba nostra madre. Fruga negli armadi. Ruba, gioca. Mio padre, prima di morire, aveva comprato una casa nell'Entre-deux-Mers. Era tutto quello che avevamo. Gioca. Mia madre la vende per pagare i debiti. Non basta, non basta mai. Da ragazzo cerca di vendermi ad alcuni clienti della Coupole. È per lui che mia madre vuol continuare a vivere, perché possa mangiare, dormire al caldo, perché senta ancora pronunciare il suo nome. La tenuta che gli ha comprato vicino ad Amboise, dieci anni di risparmi, viene ipotecata in una notte e lei paga gli interessi. Tutto il ricavato del taglio del bosco, dicevo. In una notte. Ha derubato mia madre morente. Era uno che frugava negli armadi, che aveva fiuto, che sapeva cercare, scoprire la pila giusta di lenzuola, i nascondigli. Ha rubato le fedi, molte cose di questo tipo, i gioielli, il cibo. Ha derubato Dô, i boys, il fratello minore. Anche me, e non poco. Avrebbe venduto anche la madre. Quando lei muore, chiama subito il notaio, approfitta dell'emozione creata dalla morte di lei. Il notaio dice che il testamento non è valido, che ha troppo privilegiato il figlio maggiore a mie spese. C'è una differenza enorme, ridicola. Devo accettare o rifiutare, con cognizione di causa. Dichiaro di accettare: firmo. Ho accettato. Mio fratello dice grazie, a occhi bassi. Piange, commosso per la morte di nostra madre, è sincero.

Durante la liberazione di Parigi, ricercato probabilmente per collaborazionismo nel Midi, non sa più dove andare. Viene da me, forse è in pericolo, forse ha denunciato qualcuno, degli ebrei, tutto è possibile. È dolce, affettuoso, come sempre dopo i suoi delitti o quando ha bisogno di aiuto. Mio marito è stato deportato. Mi dice che gli dispiace. Rimane tre giorni. Io non ci penso, non chiudo mai niente a chiave quando esco. Fruga. Ho messo da parte lo zucchero e il riso dei tagliandi per mio marito, per quando tornerà. Fruga e prende. Fruga anche in un armadietto in camera mia. Trova. Mi prende tutti i risparmi, cinquantamila franchi. Non mi lascia neppure una banconota. Se ne va con la refurtiva. Quando lo rivedrò non gliene parlerò, mi vergogno troppo per lui, non potrò farlo. Dopo il falso testamento, il falso castello Luigi XIV viene venduto per un boccone di pane. La vendita è stata truccata, come il testamento.

Con la morte di mia madre rimane solo, non ha amici, non ha mai avuto amici, a volte ha avuto delle donne che faceva "lavorare" a Montparnasse, a volte donne che non faceva lavorare, almeno all'inizio, a volte uomini che lo pagavano. Viveva in una grande solitudine che è aumentata con la vecchiaia. Era soltanto un mascalzone, con mire meschine, si limitava a far paura a chi gli stava intorno, non di più. Perdendo noi, ha perso il suo vero dominio. Non era un gangster, era un mascalzone casalingo, uno che frugava negli armadi, un assassino senza armi. Non si comprometteva. Viveva come vivono i mascalzoni, senza solidarietà, senza grandezza, nella paura. Aveva paura. Dopo la morte di mia madre fa una strana vita, a Tours. Conosce solo i camerieri dei bar che gli danno informazioni sulle corse e la clientela alcoolica che gioca a poker nelle sale interne. Diventa come loro, beve, ha gli occhi iniettati di sangue, la bocca torva. A Tours non ha più niente. Liquidate le due proprietà, più niente. Abita per un anno nel magazzino che mia madre aveva preso in affitto per metterci i mobili. Per un anno dorme su una poltrona. Lo lasciano entrare, lo lasciano star lì un anno, poi lo buttano fuori.

Forse, per un anno ha sperato di poter riacquistare la proprietà ipotecata. Si è giocato ad uno ad uno i mobili che mia madre aveva riposto nel magazzino, i buddha di bronzo, gli oggetti di ottone e poi i letti e poi gli armadi e poi le lenzuola. E poi un giorno si è ritrovato senza niente, come succede ai tipi come lui, ha solo il vestito che indossa, niente altro, non un lenzuolo, una posata. È solo, in un anno nessuno gli ha aperto la porta. Scrive a un cugino, a Parigi. Gli daranno una stanzetta a Malesherbes. A cinquant'anni passati avrà il primo lavoro, il primo salario della sua vita, farà il guardiano in una compagnia di assicurazioni navali. Questo è durato, credo, quindici anni. È andato all'ospedale. Non è morto lì. È morto nella sua camera.

Mia madre non parlava mai di quel figlio. Non se ne lamentava mai. Non diceva a nessuno che rovistava negli armadi. Ha vissuto quella maternità come un delitto, l'ha tenuta nascosta. Doveva considerarla inintelligibile, incomunicabile a chiunque non conoscesse quel figlio come lo conosceva lei, davanti a Dio e soltanto davanti a Lui. Ne diceva cose insignificanti, sempre le stesse. Che se avesse voluto sarebbe stato il più intelligente dei tre. Il più originale, il più acuto e anche quello che aveva voluto più bene a sua madre, quello insomma che l'aveva capita meglio. Non immaginavo, diceva, che un figlio maschio potesse essere tanto intuitivo, tanto tenero.

Una volta ci siamo rivisti, mi ha parlato di nostro fratello morto. Ha detto: che orrore quella morte, che cosa atroce, il nostro fratellino, il nostro piccolo Paulo.

Rimane un'immagine di noi, come fratelli: è un pasto a Sadec. Siamo tutti e tre a tavola, in sala da pranzo. Loro hanno diciassette e diciotto anni. Mia madre non c'è. Lui guarda me e il fratello mangiare, poi appoggia la forchetta e guarda soltanto il fratello. Lo guarda a lungo e poi a un tratto, calmissimo, gli dice una cosa terribile. Riguardo al cibo. Gli dice di stare attento a non mangiare troppo. Il fratello non risponde. Lui insiste, gli ricorda che i pezzi di carne più grossi sono per lui, che non se lo dimentichi: altrimenti, dice... Chiedo: perché per te? Dice: perché è così. Dico: vorrei che tu morissi. Non riesco più a mangiare, il fratellino neppure. Lui aspetta che il fratello minore osi dire una parola, una sola parola, pronto già a spaccargli a pugni la faccia. Il fratello minore non dice niente, è pallidissimo, con un inizio di pianto tra le ciglia.

Muore in un giorno tetro. Credo fosse in primavera, in aprile. Mi chiamano al telefono. Mi dicono solo che è stato trovato morto, per terra, nella sua camera. Ma la morte per lui era arrivata in anticipo, molto prima che la sua storia finisse. Era già successo mentre era in vita, ormai era troppo tardi perché potesse morire, era morto quando era morto il fratello minore. Era soggiaciuto a due parole: consummatum est.

Mia madre aveva chiesto che quel figlio fosse sepolto accanto a lei. Non so più dove, in un cimitero nella regione della Loira. Sono tutti e due nella stessa tomba. Loro due soli. È giusto che sia così. È un'immagine splendida e intollerabile.

Il crepuscolo scendeva sempre alla stessa ora, tutto l'anno. Era cortissimo, quasi improvviso. Nella stagione delle piogge, per settimane non si vedeva il cielo, imprigionato in una nebbia uniforme che neppure la luna riusciva a forare. Nella stagione asciutta invece il cielo era nudo, tutto scoperto, nitido. Erano luminose anche le notti senza luna e le ombre si stagliavano nette sul suolo, l'acqua, le strade, i muri.

Ricordo confusamente i giorni. La luce del sole sbiadiva i colori, ci opprimeva. Mi ricordo le notti. L'azzurro arrivava oltre il cielo, avvolgeva ogni volume, copriva il fondo del mondo. Per me il cielo era quella scia di puro bagliore che attraversava l'azzurro, quella fusione fredda oltre ogni colore. Qualche volta, a Vinhlong, mia madre quando era triste faceva attaccare il *tilbury* e si andava per la campagna a vedere la notte della stagione asciutta. Ho avuto la fortuna di avere una simile madre, per quelle notti. La luce cadeva dal cielo a cateratte di pura trasparenza, in trombe di silenzio e di immobilità. L'aria era azzurra, si toccava con la mano. Azzurra. Il cielo una continua palpitazione di bagliori di luce. La notte rischiarava tutto, tutta la campagna di qua e di là dal fiume, a perdita d'occhio. Ogni notte era particolare, ciascuna, finché durava, aveva un nome con cui poteva essere chiamata. Tutte risonavano dell'abbaiare dei cani della campagna, che ululavano al mistero, che si rispondevano di villaggio in villaggio, finché durava lo spazio e il tempo della notte.

Nei vialetti del cortile le ombre dei meli da cannella sono d'inchiostro. L'intero giardino è statico, in un'immobilità di marmo. Anche la casa, monumentale, funerea. E il fratello minore che mi cammina accanto e che ora guarda con insistenza verso il cancello, aperto sulla strada deserta.

Una volta davanti al liceo lui non c'è. L'autista è solo nella macchina nera. Mi dice che il padrone è tornato a Sadec, dal padre malato, e gli ha ordinato di rimanere a Saigon per portarmi al liceo e riaccompagnarmi al pensionato. Il padrone è tornato dopo qualche giorno. È di nuovo seduto dietro, nell'auto nera, il viso girato per evitare gli sguardi, sempre con la paura. Ci siamo baciati, senza una parola, baciati lì, dimenticando di trovarci davanti al liceo. Piangeva. Il padre sarebbe vissuto ancora. La sua ultima speranza svaniva. Glielo aveva chiesto. Lo aveva supplicato di permettergli di tenermi ancora con sé, stretta a sé, gli aveva detto che doveva capire, che era impossibile che non avesse vissuto almeno una volta una simile passione nella sua lunga vita, lo aveva scongiurato di lasciar vivere anche a lui, una volta, quella passione, quella follia, quell'amore smisurato per la bambina bianca, gli aveva chiesto di lasciargliela amare ancora, prima di rimandarla in Francia, di lasciargliela ancora, un anno forse, perché gli era impossibile dimenticare così presto quell'amore, era ancora troppo nuovo, troppo forte, troppo impregnato della sua violenza nascente, era ancora troppo atroce separarsi dal corpo della bambina bianca, tanto più che una cosa simile non si sarebbe ripetuta, questo il padre lo sapeva bene.

Il padre gli aveva risposto che avrebbe preferito vederlo morto.

Ci siamo immersi insieme nell'acqua fresca degli orci, ci siamo baciati, abbiamo pianto, ed è stato da morirne, ma questa volta, di un piacere inconsolabile. E poi gliel'ho detto. Gli ho detto di non disperarsi, gli ho ricordato quello che lui aveva detto, che me ne sarei sempre andata da qualunque posto, che sarebbe stato più forte di me. Mi ha detto che ormai non gli importava più, che tutto era superato. Allora gli ho detto che ero del parere di suo padre, che mi rifiutavo di rimanere con lui. Non gli ho spiegato perché.

Un lungo viale di Vinhlong che finisce sul Mekong. Un viale sempre deserto di sera. Quella sera, come spesso accade, va via la luce. Comincia tutto da qui. Appena arrivo nel viale, appena il cancello si è richiuso alle mie spalle, va via la luce. Corro. Corro perché ho paura del buio, corro sempre più svelta. E all'improvviso mi sembra di sentire dei passi dietro di me. Sono sicura che qualcuno mi corre dietro. Continuando a correre, mi volto e vedo: è una donna altissima, magra come la morte, che ride e corre, ha i piedi nudi e mi insegue per acchiapparmi. La riconosco, è la pazza del posto, la pazza di Vinhlong. Sento la sua voce per la prima volta, parla di notte, di giorno dorme, spesso proprio qui, in questo viale, davanti al giardino. Corre gridando in una lingua sconosciuta. Non posso neppur invocare aiuto per la paura. Devo avere otto anni. Sento la sua risata stridula e le sue grida di gioia, certo si diverte a spaventarmi. Sono in preda a una paura totale, dire che mi paralizza la mente e mi toglie ogni forza, è dire poco. Ricordo una certezza avvertita da tutto il mio essere: se solo mi sfiorerà con la mano, cadrò a mia volta in uno stato ben peggiore della morte, nella follia. Raggiungo il giardino dei vicini, la casa, salgo la gradinata, cado nell'ingresso. Per molti giorni non riesco a raccontare cosa mi è successo.

Tardi nella vita, sono ancora in preda alla paura di veder peggiorare lo stato di mia madre — stato che non oso ancora nominare — al punto da dover esser separata dai figli. Credo che dovrò io decidere quando verrà il momento, non i miei fratelli, perché non saprebbero giudicare quello stato.

Qualche mese prima della separazione definitiva, a Saigon, la sera tardi, eravamo sulla grande terrazza della casa di via Testard. C'era anche Dô. Ho guardato mia madre e ho stentato a riconoscerla. E poi, in una specie di improvviso annebbiamento, di caduta, non l'ho riconosciuta più. A un tratto avevo vicino una persona seduta al posto di mia madre che non era mia madre, ne aveva l'aspetto ma non era mai stata mia madre. Se ne stava inebetita guardando verso il parco, in un punto del parco, come se spiasse l'imminenza di un avvenimento che non percepivo. C'era in lei una giovinezza di lineamenti, di sguardo, una felicità repressa da una lunga abitudine al pudore. Era bella. Dô le era accanto e sembrava non essersi accorta di niente. Non ero spaventata dal suo volto, dalla sua aria felice, ma dal vederla seduta proprio dove stava seduta mia madre quando era avvenuta la sostituzione, dal sapere che al suo posto c'era ancora lei, ma che la sua insostituibile identità era sparita e io non potevo fare in modo che tornasse, che cominciasse a tornare. Niente sembrava più abitare quell'immagine. Sono diventata pazza in piena lucidità. Il tempo di gridare. Ho gridato. Un grido debole, un'invocazione di aiuto per rompere il gelo in cui era imprigionata mortalmente tutta la scena. Mia madre si è voltata.

Ho popolato tutta la città di quella mendicante del viale. Tutte le mendicanti delle città, delle risaie, quelle delle piste che costeggiavano il Siam, quelle delle rive del Mekong erano colei che mi aveva fatto paura. È arrivata da ogni parte. È sempre arrivata a Calcutta, da qualunque parte sia venuta. Ha sempre dormito all'ombra dei meli da cannella del cortile della ricreazione. Sempre le era vicina mia madre e le curava il piede roso dai vermi, coperto di mosche.

Accanto a lei la ragazzetta della storia. La porta con sé da duemila chilometri. Non vuole più portarla, vuole lasciarla, darla a qualcuno. Non più figli. Niente figli. Tutti morti o gettati via, sono un mucchio alla fine della vita. Colei che dorme sotto i meli da cannella non è ancora morta. Sarà quella che vivrà più a lungo. Morirà in casa sua, vestita di trine, e ci sarà qualcuno a piangere la sua morte.

Sulla sponda delle risaie intorno alla pista lei grida e ride a gola spiegata, ha una risata d'oro, da risvegliare i morti, da risvegliare chiunque ascolti ridere i bambini. Rimane per giorni e giorni davanti al bungalow, dove abitano i bianchi che, lei lo sa, danno da mangiare ai mendicanti. Poi una volta, ecco che si sveglia all'alba e si mette in cammino, un giorno va via, chissà perché, taglia verso la montagna, attraversa la foresta e segue i sentieri lungo le creste della catena del Siam. Forse a sospingerla è quel cielo giallo e verde dell'altra parte della pianura. Comincia a scendere verso il mare, verso la fine. Scende con il suo lungo passo ossuto i pendii della foresta. Attraversa le foreste pestilenziali, le regioni torride dove non arriva il vento salubre del mare, dove c'è il brusio stagnante delle zanzare, i bambini morti, la pioggia ogni giorno. E poi ecco le braccia del delta. Sono di melma nera, le più grandi del mondo, sono verso Chittagong. Lei ha lasciato le piste, le foreste, le vie del tè, i soli rossi, percorre lo spazio del delta che le si apre davanti. Prende la direzione in cui gira il mondo, la direzione sempre lontana, avviluppante, dell'est. Un giorno si trova di fronte il mare. Grida, ride con il suo miracoloso gorgoglio di uccello. Per quella sua risata i pescatori la lasciano salire sulla giunca e attraversare con loro il golfo del Bengala.

Poi si comincia a vederla vicino alle discariche pubbliche nella periferia di Calcutta.

Poi sparisce, poi si rivede ancora, dietro l'ambasciata francese di quella città. Dorme in un parco, sazia di un alimento infinito.

Ci passa la notte, poi scende nel Gange al sorgere del sole. Allegra e beffarda sempre, rimane nel parco dove mangia e dorme. C'è calma la notte, nel parco di oleandri.

Un giorno passo di lì. Ho diciassette anni, quello è il quartiere inglese, ci sono i parchi delle ambasciate, siamo nel periodo del monsone e i campi da tennis sono deserti. Lungo il Gange si sentono ridere i lebbrosi.

Facciamo scalo a Calcutta, per un guasto al piroscafo di linea, passiamo il tempo visitando la città. Ripartiamo la sera del giorno dopo.

Quindici anni e mezzo. Certe cose si sanno presto a Sadec. Basta vedere come si veste per capire che è disonorata. La madre è un'insensata, non è quello il modo di allevare una bambina. Povera figliola. Quel cappello, vi dico, non è innocente, e neppure quel rossetto, significa qualcosa, è per attirare gli sguardi, il denaro. I fratelli, dei mascalzoni. Dicono che è un cinese, il figlio del miliardario, quello che ha la villa sul Mekong, con la ceramica azzurra. Persino lui, invece di sentirsi onorato, non la vuole per suo figlio, non vuole questa bianca che appartiene a una famiglia di mascalzoni.

La chiamavano la Signora, veniva da Savannakhet. Suo marito era stato nominato a Vinhlong, ma a Vinhlong per un anno nessuno l'aveva vista. Per via di quel ragazzo, vice amministratore a Savannakhet. Non potevano più amarsi, lui allora si è ucciso con un colpo di rivoltella. La notizia era arrivata fino alla nuova sede di Vinhlong. Il giorno della sua partenza da Savannakhet per Vinhlong, una pallottola nel cuore. Nella grande piazza, in pieno sole. A causa delle sue bambine e del marito nominato a Vinhlong, lei gli aveva detto che tutto doveva finire.

Accade ogni sera, nel quartiere malfamato di Cholen. Ogni sera, quella piccola viziosa va a farsi accarezzare da uno sporco cinese milionario. Frequenta anche il liceo delle ragazze bianche, ragazze sportive che imparano il crawl nella piscina del Club Sportivo. Un giorno riceveranno l'ordine di non parlare più con la figlia della maestra di Sadec.

Durante la ricreazione lei guarda verso la strada, sola, appoggiata a un pilastro del cortile. Di tutto questo non dice niente a sua madre. Continua ad andare a scuola nella limousine nera del cinese di Cholen. Le ragazze la guardano partire. Non ci saranno eccezioni, nessuna di loro le rivolgerà più la parola. Questo isolamento evoca il puro ricordo della signora di Vinhlong. Aveva, a quel tempo, appena compiuto trentotto anni, e la bambina dieci. E poi, adesso, mentre ricorda, sedici.

La signora è sulla terrazza della sua camera, guarda i viali lungo il Mekong, la vedo quando torno dal catechismo con mio fratello. La camera è al centro del grande palazzo circondato da terrazze coperte, il palazzo è al centro del parco di oleandri e palme. La stessa differenza separa la signora e la ragazza con il cappello dall'altra gente del posto. Entrambe guardano i viali dei lungofiume, entrambe sono isolate, sole come regine.

Il loro errore è davanti agli occhi di tutti. Entrambe sono votate al discredito per la natura del corpo che hanno, accarezzato dagli amanti, baciato dalle loro bocche, abbandonato all'infamia di un piacere che fa morire, si dice, morire di quella misteriosa morte che colpisce gli amanti senza amore. Di questo si tratta, di questo umore di morte. Emana da loro, dalle loro camere questa morte, così forte che ne sono al corrente tutti, la città, le località sperdute, i capoluoghi, i ricevimenti, i balli languenti delle amministrazioni generali.

La signora ha appunto ricominciato a dare ricevimenti ufficiali, crede che tutto sia tornato a posto, che il ragazzo di Savannakhet sia ormai dimenticato. La signora, com'è suo dovere, ha dunque ricominciato a organizzare serate perché la gente possa incontrarsi, almeno di tanto in tanto, e di tanto in tanto uscire dalla spaventosa solitudine in cui si trovano le località della savana, sperdute negli estesi quadrilateri del riso, della paura, della follia, della febbre, della dimenticanza.

Nel pomeriggio, all'uscita della scuola, la stessa limousine nera, lo stesso cappello insolente e infantile, le stesse scarpe dorate, ancora una volta lei va a farsi scoprire il corpo dal miliardario cinese, lui la laverà sotto la doccia, a lungo, come ogni sera lei faceva da sua madre, con l'orcio di acqua fresca lasciato apposta per questo, e poi la porterà bagnata sul letto, accenderà il ventilatore e la bacerà sempre di più, dappertutto, lei dirà ancora e ancora, e poi tornerà al pensionato e non ci sarà nessuno per punirla, picchiarla, sfigurarla, insultarla.

Si era ucciso alla fine della notte, nella grande piazza scintillante di luci. Lei ballava. All'alba la luce del giorno aveva schivato quel corpo. Poi, con il passare del tempo, il sole ne aveva stiacciato la forma. Nessuno aveva osato avvicinarsi. Ci penserà la polizia. A mezzogiorno, quando arriveranno le scialuppe con i viaggiatori, non ci sarà più nulla, la piazza sarà sgombra.

La madre dice alla direttrice del pensionato: che cosa conta, cosa importa, ha visto quei vestitini consunti, quel cappello rosa e quelle scarpe d'oro, come le stanno bene? La madre impazzisce di gioia quando parla dei figli e questo accresce il suo fascino. Le giovani sorveglianti del pensionato ascoltano mia madre con vivo interesse. Tutti, dice la madre, le ronzano intorno, tutti gli uomini del posto, sposati o no, le ronzano intorno, vogliono questa ragazzina, questa cosa ancora indefinita, guardi, ancora una bambina. Disonorata, dice la gente, e io dico: come può l'innocenza disonorarsi?

La madre parla, parla. Parla della prostituzione palese e ride dello scandalo, di quello scherzo, di quel cappello fuori luogo, della sublime eleganza della fanciulla che attraversava il fiume, e ride di ciò che nelle colonie francesi è considerato irresistibile, parlo, dice, di quella pelle di ragazza bianca, di quella bambina che se ne stava nascosta in una località della savana e di colpo si mette in mostra e si compromette davanti a tutti, con quella gran canaglia di miliardario cinese, diamante al dito come una banchiera, e piange.

Quando ha visto il diamante ha detto piano: mi ricorda il piccolo solitario che il mio primo marito mi diede per il fidanzamento. Il signor Obscur, dico, e ci mettiamo a ridere. Eppure, dice lei, si chiamava così, è proprio vero.

Ci siamo guardate a lungo e poi lei ha sorriso, un sorriso dolcissimo, un po' ironico, segnato da una conoscenza tanto profonda dei suoi figli, di ciò che il futuro avrebbe riservato loro, che c'è mancato poco che le parlassi di Cholen.

Non l'ho fatto. Non l'ho mai fatto.

Ha aspettato a lungo prima di parlare ancora, e poi, con molto amore: lo sai che è finita? che non potrai mai più sposarti, qui nella colonia? Alzo le spalle, rido. Dico: posso sposarmi dove e quando voglio. Mia madre fa un cenno di diniego. No. Dice: qui tutto si viene a sapere, qui non potrai più. Mi guarda e dice cose indimenticabili: agli uomini piaci? Proprio così, rispondo, piaccio lo stesso. A questo punto dice: piaci anche per quello che sei.

Chiede anche: lo vedi solo per il denaro? Esito, poi dico che è solo per il denaro. Mi guarda ancora a lungo, non mi crede. Dice: io ero diversa, ho faticato più di te a studiare ed ero molto seria, lo sono stata troppo, troppo a lungo, ho perso il gusto del mio piacere.

Era un giorno di vacanza, a Sadec. Mia madre riposava su una sedia a dondolo. Aveva appoggiato i piedi su un'altra sedia e creato una corrente d'aria tra la porta del salotto e quella della sala da pranzo. Era calma, buona. Ad un tratto aveva scorto la sua bambina, aveva avuto voglia di parlarle.

Non era lontana la fine, l'abbandono delle terre della chiusa. Non era lontana la partenza per la Francia.

La guardavo addormentarsi.

Ogni tanto mia madre decide: domani andiamo dal fotografo. Si lamenta del costo, ma fa fare comunque le foto di famiglia. Quelle le guardiamo, tra noi non ci guardiamo mai ma guardiamo le foto, ognuno per conto suo, senza una parola di commento, però le guardiamo e ci vediamo. Vediamo gli altri membri della famiglia, ad uno ad uno o raggruppati. Ci riscopriamo piccoli nelle vecchie foto, ci guardiamo su quelle recenti. Tra noi il distacco è ancora aumentato. Le foto, dopo esser state guardate, vengono riposte accanto alla biancheria, negli armadi. Mia madre ci fa fotografare per poterci vedere, per vedere se cresciamo normalmente. Ci guarda a lungo come altre madri guardano altri figli. Paragona le foto tra loro, parla della crescita di ognuno di noi. Nessuno le risponde.

Mia madre fa fotografare solo i figli, nient'altro. Non ho nessuna foto di Vinhlong, del giardino, del fiume, delle strade diritte fiancheggiate dai tamarindi della conquista francese, nessuna della casa, delle nostre camere-rifugio imbiancate a calce, con i grandi letti di ferro neri e oro, illuminate come aule scolastiche con le lampade rossastre dei viali, i paralumi di lamiera verde, nessuna, nessuna immagine di quei luoghi incredibili, sempre provvisori, al di là di ogni bruttezza, da scappare, dove mia madre si accampava, aspettando, diceva, di sistemarsi definitivamente, in Francia però, in quelle regioni di cui ha parlato per tutta la vita e che si situavano, a seconda dell'umore, dell'età, della tristezza, tra il Pas-de-Calais e l'Entre-deux-Mers. Quando si fermerà per sempre, quando si stabilirà nella regione della Loira, la sua camera sarà la replica di quella di Sadec, allucinante. Avrà dimenticato.

Non faceva mai fotografare luoghi, paesaggi, soltanto noi ragazzi e quasi sempre tutti insieme, per spendere meno. Le poche istantanee che abbiamo ce l'hanno fatte amici di mia madre, o colleghi appena arrivati nella colonia, che facevano fotografie del paesaggio equatoriale, delle palme da cocco e dei coolies, da spedire a casa.

Misteriosamente mia madre si porta dietro le foto dei figli quando va in ferie dai suoi parenti. Noi non ci vogliamo andare. I miei fratelli non li conoscono neppure, io, la più piccola, le prime volte ci sono stata trascinata. Poi non ci sono andata più perché le zie non volevano che parlassi con le loro figlie per via della mia vita scandalosa. Allora a mia madre non rimane che portare le foto e le porta, logicamente, giustamente, per far vedere i figli che ha. Lo fa perché si sente in dovere di farlo. Della famiglia le rimangono solo le cugine e dunque mostra loro le foto di famiglia. Si percepisce qualcosa di questa donna, attraverso la sua maniera di essere, attraverso la determinazione ad andare fino in fondo senza mai sognarsi che potrebbe lasciar perdere, farla finita con le cugine, le pene, i doveri? È in questo assurdo coraggio della specie che io ritrovo una grazia profonda.

Quando è diventata vecchia, con i capelli bianchi, è andata anche lei dal fotografo, ci è andata da sola e si è fatta fotografare con il suo bel vestito rosso scuro, la collana e la spilla di oro e giada, un pezzo di giada rivestito d'oro. Nella foto è ben pettinata, non una piega, perfetta. Anche gli indigeni benestanti andavano dal fotografo, una sola volta nella vita, quando vedevano avvicinarsi la morte. Erano foto grandi, tutte dello stesso formato, montate in belle cornici dorate e appese vicino all'altare degli avi. Tutte quelle foto, e ne ho viste molte, si somigliavano in maniera allucinante. Non solo perché tutti i vecchi si somigliano, ma perché i ritratti venivano sempre ritoccati in modo da attenuare, se ancora c'erano, le particolarità del volto. Tutti i volti venivano preparati allo stesso modo per affrontare l'eternità, venivano cancellati, uniformemente ringiovaniti. Così voleva la gente. Quella somiglianza — quella discrezione — doveva ammantare il ricordo del loro passaggio nella famiglia, testimoniarne la singolarità e l'effettività. Più si assomigliavano e più l'appartenenza alla famiglia diventava patente. Inoltre tutti gli uomini avevano lo stesso turbante, le donne lo stesso chignon, le stesse pettinature tirate, e sia gli uomini che le donne lo stesso vestito a collo alto. Avevano tutti un'espressione che saprei riconoscere tra mille. Era l'espressione che aveva anche mia madre nella fotografia con il vestito rosso, un'espressione nobile, direbbero alcuni, ed altri, spenta.

Non ne parlano più, mai. È inteso che lui non farà altri tentativi con il padre, per sposarla. Che il padre non avrà pietà per il figlio, non ne ha per nessuno. Fra tutti gli emigrati cinesi che hanno in mano il commercio del posto, quello delle terrazze azzurre è il più terribile e il più ricco, i suoi possedimenti si estendono ben oltre Sadec, fino a Cholen, la capitale cinese dell'Indocina francese. L'uomo di Cholen sa che il padre e la bambina hanno preso la stessa decisione e che essa è inappellabile. Comincia vagamente a capire che la partenza che lo separerà da lei è un bene per la loro storia, che lei non è tipo da sposarsi, che fuggirebbe da ogni matrimonio, che deve abbandonarla, dimenticarla, renderla ai bianchi, ai suoi fratelli.

Da quando lui era pazzo del suo corpo, la ragazzina non soffriva più di averlo così magro, e neppure la madre stranamente se ne crucciava più come prima, proprio come se avesse scoperto che quel corpo era in fondo plausibile, accettabile, come un altro. Lui, l'amante di Cholen, crede che la crescita della fanciulla bianca abbia risentito del caldo troppo forte. Anche lui è nato e cresciuto in quel caldo. Scopre una cosa che li accomuna. Dice che tutti gli anni passati qui, a quest'insopportabile latitudine, hanno fatto di lei una ragazza del posto, un'indocinese. Ha i polsi sottili delle ragazze di qui, i capelli folti che sembrano aver assorbito tutta la forza, lunghi come i loro, e soprattutto la pelle, una pelle di tutto il corpo ammorbidita dall'acqua piovana che viene raccolta per il bagno delle donne e dei bambini. Dice che le donne francesi, in confronto a lei, hanno la pelle del corpo dura, quasi ruvida. Dice che ciò è dovuto anche all'alimentazione povera dei tropici, composta di pesce, di frutta, e anche alle cotonine, alle sete con cui son fatti i vestiti, sempre ampi, che lasciano il corpo sciolto, libero, nudo.

L'amante di Cholen si è assuefatto all'adolescenza della fanciulla bianca fino a delirarne. Il piacere che prende a lei, ogni sera, impegna il suo tempo, la vita. Con lei non parla quasi più. Forse crede che non capirebbe più ciò che vorrebbe dire di lei, e di questo amore che lui ancora non conosceva, di cui del resto non sa dire niente. Forse scopre che non si sono ancora mai parlati, se non quando si invocano gridando, la sera, nella camera. Sì, credo che non sapesse, che scoprisse di non sapere.

La guarda, a occhi chiusi continua a guardarla. Respira il suo viso, respira la fanciulla, a occhi chiusi ne respira il respiro, l'aria calda che esce da lei. Discerne sempre più vagamente i contorni di quel corpo, un corpo diverso dagli altri, ancora non finito, che continua a crescere nella camera, ancora incondito, a ogni istante continua a formarsi, non è soltanto dove lo vede ma anche altrove, si estende oltre la vista, verso il gioco, la morte, è duttile, partecipa tutto al piacere come se fosse adulto, se ne avesse l'età, senza malizia, è di un'intelligenza spaventosa.

Guardavo quel che faceva di me, come si serviva di me, non avevo mai pensato che si potesse farlo in quel modo, andava oltre le mie aspettative, assecondava il destino del mio corpo. Così ero diventata la sua bambina. Anche per me lui era diventato qualcosa di diverso. Cominciavo a riconoscere l'inesprimibile dolcezza della sua pelle, del suo sesso, al di là di lui. Anche l'ombra di un altro uomo doveva attraversare la camera, quella di un giovane assassino, ma io ancora non lo sapevo, i miei occhi non la vedevano. Ancora l'ombra di un giovane cacciatore doveva attraversare la camera; quella sì, talvolta sapevo che era lì, nel momento del piacere, e glielo dicevo, all'amante di Cholen, gli parlavo del suo corpo e del suo sesso, della sua ineffabile dolcezza, del suo coraggio nella foresta e sui fiumi, alle foci delle pantere nere. Tutto aumentava il suo desiderio e lo spingeva a prendermi. Ero diventata la sua bambina. Fa l'amore ogni sera con la sua bambina e talvolta si spaventa, si preoccupa della sua salute, come se scoprisse che è mortale e pensasse improvvisamente di poterla perdere. Che sia così magra, lo spaventa, qualche volta in maniera improvvisa. Si preoccupa anche di quel mal di testa che spesso la riduce moribonda, livida, immobile, una pezza umida sugli occhi. E di quel disgusto che lei talvolta ha della vita, che la invade se pensa a sua madre e improvvisamente urla e piange di rabbia all'idea di non poter cambiare la sorte, render felice la madre prima che muoia, uccidere chi le ha fatto tutto quel male. Lui, il volto contro il volto di lei, riceve il suo pianto, se la preme contro, folle dal desiderio delle sue lacrime, della sua rabbia.

La prende come prenderebbe la sua bambina. Prenderebbe così la sua bambina. Gioca con il corpo della sua bambina, lo volta, se ne copre il viso, la bocca, gli occhi, e lei continua ad abbandonarsi assecondando il suo gioco. Di colpo è lei a supplicarlo senza dirgli di che cosa e lui le grida di star zitta, di non volerla più, di non volere più godere di lei, ed eccoli di nuovo avvinti, incatenati insieme nello spavento, ed ecco lo spavento dissolversi, ecco che gli cedono ancora, in lacrime, disperati, felici.

Tacciono per tutta la sera. Nell'auto nera che la riporta al pensionato lei gli appoggia la testa sulla spalla, lui l'abbraccia, le dice che è bene che la nave francese arrivi presto, la porti via, li separi. Tacciono lungo il percorso. Lui a volte chiede all'autista di imboccare i viali lungo il fiume. Lei si addormenta esausta appoggiandosi a lui, che la sveglia con i suoi baci.

Nel dormitorio c'è una luce azzurrina e un odore di incenso, bruciano sempre un po' d'incenso al crepuscolo. Il caldo è afoso, tutte le finestre sono spalancate ma non c'è un filo d'aria. Mi tolgo le scarpe per non far rumore ma non sono preoccupata, so che la sorvegliante non si alzerà, che è ormai pacifico che io rientri, la notte, all'ora che mi pare. Vado subito vicino al letto di H.L., sempre con un po' di apprensione, sempre con la paura che sia scappata dal pensionato durante il giorno. C'è, dorme profondamente H.L. Ho il ricordo di un sonno cocciuto, quasi ostile, di rifiuto. Le braccia nude circondano la testa, abbandonate. Non sta composta come le altre ragazze, tiene le gambe piegate, non le si vede il viso, il guanciale le è scivolato via. Intuisco che mi ha aspettato e poi si è addormentata così, impaziente, in collera. Forse ha pianto prima di venir inghiottita dal sonno. Mi piacerebbe svegliarla e parlare con lei sottovoce. Non parlo più con l'uomo di Cholen, lui non parla più con me, ho bisogno di ascoltare le domande di H.L. Lei ha l'incomparabile attenzione di chi non capisce cosa gli dicono. Ma non posso svegliarla. Svegliata così, nel cuore della notte, H.L. non riesce più a riaddormentarsi. Si alza, ha voglia di uscire, esce, si precipita giù per le scale, nei corridoi, nei vasti cortili disabitati, corre, mi chiama ed è felice, non si può impedirglielo e quando le vietano di uscire in fila per la passeggiata, sanno che non chiede di meglio. Esito e poi, no, non la sveglio. Sotto la zanzariera il caldo è soffocante, quando è chiusa sembra insopportabile, ma so che è perché vengo di fuori, dalle rive del fiume dove la notte fa sempre fresco. Ci sono abituata, rimango immobile aspettando che passi. Passa. Non mi addormento mai subito, malgrado le nuove fatiche della mia vita. Penso all'uomo di Cholen. Deve essere in un locale notturno dalle parti della Source, con l'autista, devono bere in silenzio. Bevono alcool di riso quando sono soli. Oppure è tornato a casa e si è addormentato nella luce della camera, sempre in silenzio. Quella sera non posso più sopportare il pensiero dell'uomo di Cholen, non posso più sopportare quello di H.L. Sembrano paghi della vita, sembra che quell'appagamento venga loro dal di fuori. Non mi pare di provare niente di simile. Mia madre dice: questa qui non sarà mai contenta. Credo che la mia vita abbia cominciato a delinearsi. So già parlare a me stessa, dirmi che ho vagamente voglia di morire. Queste parole non le posso scindere già più dalla mia vita. Credo di aver vagamente voglia di star sola, mentre mi accorgo di non esserlo più da quando sono uscita dall'infanzia, dalla famiglia del Cacciatore. Scriverò dei libri. Questo vedo oltre l'istante, nel grande deserto sotto le cui sembianze mi appare la distesa della mia vita.

Non so più quali fossero le parole del telegramma da Saigon. Se diceva che il mio fratellino era deceduto o se diceva: ritornato a Dio. Mi pare di ricordare che ci fosse scritto ritornato a Dio. L'evidenza mi ha folgorato: non era stata lei a mandare il telegramma. Il fratellino. Morto. Prima la mente si rifiuta di capire e poi, bruscamente, da ogni parte, dalla profondità del mondo, il dolore è arrivato, mi ha sommersa, mi ha trascinata, non riconoscevo niente, esisteva solo il dolore, quale non sapevo, se si rinnovava il dolore di aver perduto un figlio qualche mese prima, o se era un dolore nuovo. Ora credo che fosse un dolore nuovo. Il mio bambino, morto alla nascita, non l'avevo mai conosciuto, per lui non avevo provato il desiderio di uccidermi che provavo in quel momento.

Ci eravamo ingannati. L'errore che avevamo fatto, in qualche secondo ha invaso l'universo. Lo scandalo era di proporzioni divine. Il mio fratellino era immortale e nessuno lo sapeva. L'immortalità era celata nel corpo di quel fratello finché era vissuto, e nessuno di noi aveva visto che in quel corpo era racchiusa l'immortalità. Il corpo di mio fratello era morto, l'immortalità era morta con lui. E così ora il mondo si trovava privo di quel corpo visitato, di quella visita. Ci eravamo completamente ingannati. L'errore, lo scandalo, hanno invaso tutto l'universo.

Dal momento che era morto, lui, il mio fratellino, tutto doveva morire dopo di lui e per opera sua. La morte, a catena, partiva da lui, il bambino.

Il corpo morto del bambino non risentiva per niente degli eventi di cui era causa. Dell'immortalità che aveva ospitato nei ventisette anni della sua vita egli non conosceva il nome.

Nessuno vedeva chiaro come me. E dal momento che avevo capito quella verità, tanto semplice, che il corpo del fratellino era anche il mio, io dovevo morire. E sono morta. Il mio fratellino mi ha riunita a lui, mi ha chiamata a lui e sono morta.

Bisognerebbe avvertire tutti di tali eventi. Comunicare loro che l'immortalità è mortale, che può morire, che è successo, che continua a succedere, che essa non si palesa mai in quanto tale, che è la duplicità assoluta. Che non esiste nel particolare, ma soltanto in linea di principio. Che certe persone possono celarne la presenza, a condizione che lo ignorino, e che certe altre possono svelarne la presenza nelle prime, alla stessa condizione, ignorando di poterlo fare. Che la vita è immortale mentre è vissuta, mentre è in vita. Che l'immortalità non è una questione di tempo, non è una questione di immortalità, è qualcosa di ignoto. Che è falso dire che non ha principio né fine, come è falso dire che comincia e finisce con la vita dello spirito, poiché partecipa dello spirito e del trascorrere sulle orme del vento. Guardate le sabbie morte dei deserti, i corpi morti dei bambini: l'immortalità non passa di lì, si ferma e li evita.

Per il fratellino si trattava di immortalità senza difetto, senza leggenda, senza accidente, pura, assoluta. Il fratellino non aveva nulla da gridare nel deserto, non aveva nulla da dire, altrove o qui, nulla. Non aveva istruzione, non era riuscito a istruirsi su niente. Non sapeva parlare, sapeva a malapena leggere, a malapena scrivere, talvolta si poteva pensare che non sapesse neppure soffrire. Era uno che non capiva e che aveva paura.

L'amore insensato che provo per lui rimane per me un insondabile mistero. Non so perché lo amassi al punto di voler morire della sua morte. Ero lontana da lui da dieci anni quando è successo e pensavo a lui solo di rado. Come se lo amassi per sempre e niente di nuovo potesse succedere a questo amore. Avevo dimenticato la morte.

Parlavamo poco insieme, parlavamo pochissimo del fratello maggiore, del nostro soffrire, di quello di nostra madre, di quello della pianura. Parlavamo piuttosto di caccia, di carabine, di meccanica, di auto. Si arrabbiava con l'auto rotta e mi raccontava, mi descriveva le macchine che avrebbe avuto un giorno. Parlavamo anche, naturalmente, di venir divorati dalle tigri se non stavamo attenti o di annegare nel *rac* se continuavamo a nuotare nella corrente. Aveva due anni più di me.

Il vento è cessato e sotto gli alberi c'è la luce soprannaturale che segue la pioggia. Alcuni uccelli stridono stupidamente con tutte le loro forze, si affilano il becco nell'aria fredda, facendola risuonare in tutta la sua vastità di un rumore quasi assordante.

I piroscafi risalivano il fiume di Saigon a motori spenti, tirati dai rimorchiatori fino alle installazioni portuali situate nell'ansa del Mekong all'altezza di Saigon. Quest'ansa, questo braccio del Mekong si chiama il Fiume, il Fiume di Saigon. Facevano scalo per otto giorni. Quando le navi erano alla banchina, la Francia era a portata di mano. Si poteva andare a cenare, a ballare in Francia, per mia madre costava troppo e in fondo per lei non valeva la pena, ma con lui, con l'amante di Cholen, avremmo potuto andarci. Invece lui non ci andava perché avrebbe avuto paura di farsi vedere con la ragazzina bianca; lei lo sapeva senza che glielo dicesse. A quell'epoca — non è passato molto tempo, appena cinquant'anni — per girare il mondo c'erano solo le navi. Vaste frazioni dei continenti erano ancora senza strade, senza ferrovie. Centinaia, migliaia di chilometri quadrati avevano solo sentieri preistorici. Erano i bei piroscafi delle Messaggerie Marittime, il Porthos, il D'Artagnan, l'Aramis, moschettieri di quel viaggio, a collegare l'Indocina alla Francia.

Il viaggio durava ventiquattro giorni. I piroscafi di linea erano già vere e proprie città, con vie, bar, caffè, biblioteche, salotti, incontri, amanti, matrimoni, morti. Si formavano società dovute al caso, coatte, non si poteva dimenticare che erano tali e proprio per questo esse diventavano vivibili e anche talvolta piacevolmente indimenticabili. Erano quelli i soli viaggi fatti dalle donne. Soprattutto per molte di loro, ma anche per qualche uomo, il viaggio verso la colonia rimaneva la vera avventura. Per mia madre avevano sempre rappresentato, insieme alla nostra prima infanzia, "il meglio della vita".

Le partenze erano tutte uguali. Come le prime partenze sui mari. Il distacco dalla terra avveniva sempre nel dolore e nella disperazione, ma questo non aveva mai impedito agli uomini di mettersi in viaggio, agli ebrei, ai pensatori, a chi amava i viaggi per mare, e non aveva neppure impedito alle donne di lasciarli andare, alle donne che non viaggiavano mai, che rimanevano a custodire il luogo natale, la razza, i beni, la ragion d'essere del ritorno. Per secoli le navi avevano reso i viaggi più lenti, più tragici di quanto non lo siano ai giorni nostri. La durata del viaggio corrispondeva alla sua lunghezza, in modo naturale. Si era abituati alle lente velocità umane per terra e per mare, ai ritardi, all'attesa del vento, delle schiarite, dei naufragi, del sole, della morte. I piroscafi che la ragazza bianca conosceva erano ormai gli ultimi corrieri del mondo. Durante la sua giovinezza erano entrate in funzione le prime linee aeree che dovevano pian piano privare l'umanità dei viaggi per mare.

Andavano ancora tutti i giorni nella garçonnière di Cholen. Lui faceva come sempre; all'inizio era come sempre, mi faceva la doccia con l'acqua degli orci, mi portava sul letto, mi veniva vicino, si sdraiava anche lui e rimaneva lì, senza forza, senza potenza. Una volta fissata la data della partenza, anche se ancora lontana, non riusciva a far più niente con il mio corpo. Era successo improvvisamente, a sua insaputa. Il suo corpo non voleva più colei che era decisa a partire, a tradire. Diceva: non posso più prenderti, credevo di poter ancora, non posso più. Diceva di esser morto. Si scusava con un dolcissimo sorriso, diceva che forse non avrebbe potuto mai più. Gli chiedevo se voleva che fosse così. Quasi ridendo diceva: non so, forse in questo momento sì. Manteneva tutta la sua dolcezza anche nel dolore. Non parlava di quel dolore, non ne aveva mai detto una parola. A volte il suo volto aveva un tremito, chiudeva gli occhi, stringeva i denti. Ma taceva sempre sulle immagini che vedeva dietro gli occhi chiusi. Si sarebbe potuto credere che amasse quel dolore, che lo amasse come aveva amato me, profondamente, forse fino a morirne, e che adesso lo preferisse a me. A volte diceva che voleva accarezzarmi perché sapeva che ne avevo una gran voglia e voleva guardarmi quando arrivava il piacere. Lo faceva, mi guardava e mi chiamava la sua bambina. Avevamo deciso di non vederci più, ma non era possibile, non era stato possibile. Ogni sera lo trovavo davanti al liceo, nell'automobile nera, il volto girato per la vergogna.

Quando si avvicinava l'ora della partenza, la nave lanciava tre colpi di sirena, lunghissimi, terribilmente forti, si sentivano in tutta la città e il cielo si anneriva sopra il porto. Allora i rimorchiatori si avvicinavano al piroscafo e lo tiravano nel centro del fiume, dopo di che mollavano i cavi e ritornavano al porto. La nave diceva addio ancora una volta, lanciava di nuovo quei muggiti terribili e misteriosamente tristi che facevano piangere tutti, non solo chi partiva, chi si separava, ma anche chi era venuto a vedere, chi era lì senza uno scopo preciso, chi non aveva nessuno a cui pensare. La nave poi, lentamente, con le sue forze, si inoltrava nel fiume. A lungo si vedeva la sua alta sagoma procedere verso il mare. Molta gente rimaneva a guardarla, a fare segni di saluto sempre più lenti, sempre più scoraggiati, con sciarpe e fazzoletti, e poi la terra si portava via la sagoma del piroscafo nella sua curvatura. Nelle giornate limpide lo si vedeva affondare lentamente.

Anche lei, quando la nave aveva lanciato il primo addio, quando era stata tolta la passerella e i rimorchiatori avevano cominciato a trainarla, ad allontanarla dalla terra, aveva pianto. Lo aveva fatto nascondendo le lacrime, perché lui era cinese e non si doveva piangere quel genere di amanti, nascondendo alla madre e al fratellino il suo dolore, senza lasciar trasparire niente, come erano abituati a fare tra di loro. La grossa automobile era lì, lunga e nera, con l'autista vestito di bianco al volante. Era un po' in disparte dal parcheggio delle Messaggerie Marittime, isolata. L'aveva riconosciuta da questo. Era lui sul sedile posteriore, quella forma appena visibile, immobile, abbattuta. Lei stava appoggiata al parapetto. Come sul traghetto, la prima volta, sapeva che la stava guardando. Anche lei lo guardava, non lo vedeva più ma continuava a guardare verso la forma dell'automobile nera. E poi alla fine non l'aveva più vista. Era sparito il porto e poi la terra.

C'era il mar della Cina, il mar Rosso, l'oceano Indiano, il canale di Suez; al mattino ci si svegliava e si capiva di esserci arrivati dalla mancanza di vibrazioni, si procedeva fra la sabbia. Ma prima di tutto c'era l'oceano. Era il più remoto, il più vasto, toccava il polo Sud, era il più lungo fra i tragitti da porto a porto, tra Ceylon e la Somalia. Certe volte era tanto calmo, con il cielo limpido e l'aria tiepida, che attraversandolo sembrava di fare qualcosa di diverso da un viaggio per mare. Allora tutto il piroscafo si spalancava, i saloni, i corridoi, gli oblò. I passeggeri disertavano le cabine torride e dormivano sdraiati sul ponte.

Nel corso di un viaggio, durante la traversata di questo oceano, tardi nella notte, qualcuno era morto. Non ricorda più se successe in quello o in un altro viaggio. Alcune persone giocavano a carte nel bar di prima classe e tra i giocatori c'era un giovane che a un certo punto, senza una parola, aveva posato le carte, era uscito dal bar, aveva attraversato il ponte di corsa e si era buttato in mare. Quando la nave, che andava alla massima velocità, si era fermata, il corpo era scomparso.

No, nello scriverlo, non vede la nave ma un altro luogo, quello in cui ha sentito raccontare il fatto. Era a Sadec. Si trattava del figlio dell'amministratore di Sadec, lo conosceva perché anche lui andava al liceo di Saigon. Lo ricorda, alto, un volto dolcissimo, bruno, con occhiali di tartaruga. Nella cabina non avevano trovato niente, nessuna lettera. L'età le si è impressa nella memoria, terrificante, la sua stessa età, diciassette anni. La nave era ripartita all'alba. Questa era la cosa più terribile: il sorgere del sole, il mare vuoto, la decisione di abbandonare le ricerche. Il distacco.

E un'altra volta, ancora in quel viaggio, durante la traversata di quello stesso oceano, anche quella volta era già notte, nel salone del ponte principale, l'esplosione di un valzer di Chopin che lei conosceva in modo segreto e intimo, perché per mesi aveva tentato di impararlo e non era mai riuscita a suonarlo bene, mai, tanto che poi sua madre le aveva permesso di non studiare più il pianoforte. Quella notte, perduta tra tante e tante notti, la ragazza, di questo era certa, l'aveva trascorsa su quella nave e c'era quando ciò era successo, quando era esplosa la musica di Chopin sotto il cielo luminescente. Non c'era un alito di vento e la musica si era propagata per tutto il piroscafo buio, come un'ingiunzione del cielo, chi sa per che cosa, come un ordine divino dall'ignoto significato. E la ragazza si era alzata come per andare a uccidersi a sua volta, a buttarsi a sua volta in mare e poi aveva pianto, perché aveva pensato all'uomo di Cholen e tutto a un tratto non era più sicura di non averlo amato, solo che quell'amore non l'aveva visto perché si era perso nella storia come acqua nella sabbia e lei lo ritrovava soltanto ora, nell'istante della musica sul mare.

Come più tardi, l'eternità del fratellino attraverso la morte.

Intorno a lei dormivano tutti, avvolti ma non svegliati dalla musica, tranquilli. La ragazza pensava di aver visto la notte più calma che mai l'oceano Indiano avrebbe avuto. Crede di aver scorto, proprio in quella notte, il fratello minore sul ponte, con una donna. Stava affacciato al parapetto, lei gli aveva cinto con un braccio le spalle, e si baciavano. La ragazza se ne stava nascosta per vederli meglio, aveva riconosciuto la donna, lei e il fratello erano da un pezzo inseparabili. Era una donna sposata, la metà di una coppia finita in cui il marito sembrava non accorgersi di niente. Negli ultimi giorni del viaggio il fratello e la donna stavano sempre chiusi in cabina, uscivano solo di sera. In quei giorni il fratello guardava la madre e la sorella come se non le riconoscesse. La madre era diventata scostante, taciturna, gelosa. Lei, la bambina, piangeva. Era felice, così le pareva, ma temeva quello che sarebbe successo in seguito al fratello. Aveva pensato che le avrebbe lasciate per andarsene con quella donna. Invece all'arrivo, in Francia, le aveva raggiunte.

Lei non sa quanto tempo dopo la partenza della ragazza bianca, eseguendo l'ordine del padre, egli si sia sposato, come gli veniva imposto, con la fanciulla scelta dieci anni prima dalla famiglia, anch'essa ricoperta d'oro, di diamanti, di giada, anch'essa cinese, venuta dalla Cina del nord, dalla città di Fou Chouen, accompagnata dalla famiglia.

Deve esser rimasto molto tempo senza riuscire a stare con lei, senza poterle dare l'erede del patrimonio. Il ricordo della ragazza bianca, il suo corpo doveva esser lì, sdraiato attraverso il letto. A lungo lei deve essere rimasta la padrona del suo desiderio, ciò che per lui significava emozione, immensità della tenerezza, cupa e terribile profondità della carne. Poi è arrivato il giorno in cui è stato possibile, quello appunto in cui il desiderio della fanciulla bianca si era fatto così forte, così incontenibile da fargli apparire la sua immagine come in una vampata di febbre, tanto da penetrare l'altra donna di quel desiderio di lei, della fanciulla bianca. Aveva dovuto ritrovarsi mentendo dentro quella donna e mentendo fare ciò che le famiglie, il Cielo, gli antenati del nord aspettavano da lui, l'erede del nome.

Forse l'altra conosceva l'esistenza della fanciulla bianca. Aveva cameriere nate a Sadec che sapevano la storia e forse avevano parlato. Non doveva ignorare quella pena. Dovevano avere entrambe la stessa età, sedici anni. Quella notte aveva visto piangere lo sposo? e, vedendolo, lo aveva consolato? Una ragazza di sedici anni, una fidanzata cinese degli Anni Trenta, poteva, senza sconvenienza, consolare quel tipo di pena adultera di cui era vittima? Chi sa? Forse si sbagliava, forse aveva pianto con lui, senza una parola, per tutta la notte. E l'amore sarebbe venuto dopo quel pianto.

Lei, la ragazza bianca non aveva mai saputo nulla di quegli avvenimenti.

Anni e anni dopo la guerra, dopo i matrimoni, i figli, i divorzi, i libri, era venuto a Parigi con la moglie. Le aveva telefonato. Sono io. Lei l'aveva riconosciuto alla voce. Le aveva detto: volevo solo sentire la tua voce. Lei aveva detto, ciao, sono io. Era intimidito, aveva paura come prima, la voce improvvisamente gli tremava e in quel tremito, improvvisamente, lei aveva ritrovato l'accento cinese. Lui sapeva che lei aveva cominciato a scriver libri, l'aveva saputo dalla madre incontrata a Saigon. Sapeva anche del fratello piccolo, disse che ne aveva sofferto pensando a lei. E poi sembrava che non avesse altro da dire. Ma poi glielo aveva detto. Le aveva detto che era come prima, che l'amava ancora, che non avrebbe potuto mai smettere d'amarla, che l'avrebbe amata fino alla morte.

Neauphle-le-Château — Parigi
febbraio-maggio 1984

Stampa Grafica Sipiel
Milano, marzo 1999